Edmund Banner

Bar Kochba

Der letzte König der Juden

Edmund Banner

Bar Kochba
Der letzte König der Juden

ISBN/EAN: 9783743311831

Hergestellt in Europa, USA, Kanada, Australien, Japan

Cover: Foto ©Andreas Hilbeck / pixelio.de

Manufactured and distributed by brebook publishing software
(www.brebook.com)

Edmund Banner

Bar Kochba

Bar Kochba,

der letzte König der Juden.

Tragödie in fünf Aufzügen

von

Edmund Banner.

Im Selbstverlage des Verfassers.
Sortimentsvertrieb durch die Buchhandlung von A. Nitsch in Brünn.

Druck von Beschak und Irrgang in Brünn.

Personen.

Ben Akiba, ein Rabbi

Ephraim,
Josua, } Führer der Zeloten.
Sorab,

Rebecca, Witwe des hohen Priesters.

Jochai, } ihre Kinder.
Recha,

Simon, ihr Pflegesohn.

Alcazar, ein Nazarener.

Tarama

Moses,
Noemi, } Hirten im Libanon.
Enoch,

Erster,
Zweiter, } Bürger Jerusalems.
Dritter,
Vierter,

Julius Severus.

Cassius, römischer Konsul.

Ein Hauptmann.

Priester, Tempelwachen, Soldaten, Volk.

Zeit der Handlung: 130 Jahre nach Christi Geburt. Der erste Akt spielt im Libanon, — die übrigen in Jerusalem, ein Jahr später.

Erster Aufzug.

Eine Bergeshöhe im Libanon. — Rechts eine Felsenplatte, welche be-
stiegen werden kann; — links eine Moosbank.

Erster Auftritt.

Moses (auf der Plattform stehend):

Welch' ein Abend!
Im stillen Frieden schmiegt sich Wald und Feld
an des Gebirges treue Mutterbrüste,
und heimwärts von den kühlen Triften,
treibt jeder Hirte seine Heerden nach der Schwelle,
wo schon der Kinder liebe Schaar erwartend nach ihm späht. —
Wie wenig es bedarf, die Menschheit zu beglücken!
Der ärmste Knecht, der reichste Fürst, sollt' er sein Bestes
wählen,
in seinem Arm könnt er's nach Hause tragen.
Und doch: mit Roß und Segel jagen sie's —
und können's nicht erjagen.

Zweiter Auftritt.

Moses. — Enoch (von rechts, sich erschöpft auf die Moosbank werfend):

Wie das wohlthut! fühlt man sich endlich wieder heimgekehrt.

Moses (herabsteigend):

Glück auf zum Wiedersehen!
Was bringst Du, Enoch, uns an neuen Kunden?

Bar Kochba.   1

Enoch:

Nicht's Tröstliches, — noch weniger Neues.

Moses:

Verdarb die Ernte? trat das Wasser aus?

Enoch:

Das ließe sich ertragen, — überdauern.
Viel schlimmer stets im Lande! — Der kaum ernente Friede
ist zu Ende, und mächtiger denn je, wälzt sich der Römer
in das ausgesog'ne Land, — es vollends zu erdrücken.

Moses:

Wie ist das möglich? — War ja der Friede doch verbrieft
und selbst in Rom uns zugesichert vom Senat.

Enoch:

Es klingt wie Hohn, sprichst Du von Rom und vom ver-
brieften Frieden.
Was galt dem Starken jemals Pergament und Siegel,
wenn er dem Schwächern Nichts mehr halten wollte?

Moses:

Wir haben doch den fälligen Tribut ——

Enoch:

— ihm bezahlt? — Jawohl!
Das eben ließ ihn ja so bald errathen,
daß noch nicht ganz geleert des Landes Speicher sind,
für seine Räuberhorden noch ein lohnend Feld zur Arbeit.

Moses:

Und gibt's kein Mittel seine Sucht zu stillen?

Enoch:

Hm! —
In Emaus, wo man die Plünderung willig litt,

Da legten sie, berauscht vom Wein, die Stadt in Asche;
und Jericho erlag demselben Los, weil es so frech gewesen,
rechtsloser Raubgewalt mit Waffen zu begegnen.

Moses:

Vernichtung also: ob man duldet, ob man kämpft.

Enoch:

Rom will den Krieg, und weil es will, wird es ihn
    haben,
gleichviel ob wir uns drein ergeben — oder wehren.

Moses:

Und unsre Krieger? unsre Priester?

Enoch:

Sind schon im ersten Anlauf, in sichrer Ruhe überfallen,
Den grimmen Streichen längst erlegen, und — zersprengt.

Moses (verzweifelnd):

Und sie, die Heilige? - - Jerusalem? —

Enoch:

Als ich vor Wochen es verließ, da schlugen sich,
in zahllosen Parteien, in Straßen und auf Plätzen,
die Bürger um das Recht der Führerschaft.

Moses:

Unglücksel'ges Volk!

Enoch:

Jawohl, so unglückselig, wie Karthago, wie Hellas,
wie Sagunt, — verhüte Gott, daß nicht zu gleichem Lose.
                    (Nahender Lärm)
Doch sieh' einmal! — Es scheint der Haufe sich zu nah'n,
den ich vorhin am Ufer überholt, — vom Stamm Manasse.

1*

Dritter Auftritt.

Die Vorigen. — Noëmi, Akiba, Ephraim Sorab und
Josua (an der Spitze des Volkes und Bewaffneter).

Noëmi:

In unsrer Berge Schutz seid ihr geborgen.
Kein fremder Fuß betrat noch diesen Boden.

Akiba:

Wir danken Dir, Du braver Mann,
mög' es Jehova Dir an Deinen Kindern lohnen.
(Zum Volke):
Schlagt eure Zelte auf — zur kurzen Rast.

Vierter Auftritt.

Die Vorigen. — Jochai (von rechts, athemlos, in der Hand den Stumpf
einer Sense herbeistürzend):

Jochai:

Hülfe! — Rettung! —
(Sinkt auf die Knie.)
Ich kann nicht weiter

Moses:

Um Gott — was ist geschehen?

Enoch:

Wer verfolgt Dich?

Jochai:

Hört nur, hört —
so viel des Athems mir dazu noch blieb,
das Gräßliche euch schaudernd zu erzählen.

Das Volk (näher drängend):

Hört! — hört!

Jochai (sich erhebend):

Ich folgte einem jungen Rind, das sich verstiegen,
und wandte mich, es eingeholt, zur Heerde wieder.
Da sperren mir den Weg drei fremde Krieger,
die drohend mit den Schwertern mir zu Leibe geh'n.
                                    Es galt mein Leben!
Den Nächsten schlug ich nieder! — Hier seht ihr noch den
                    Stumpf,
der in der Faust mir blieb, nachdem ich ihn erschlagen.
Dann aber wandt' ich mich zur raschen Flucht,
verfolgt von jenen andern Zweien,
die mir bis an des Flusses Ufer folgten.
Kaum athmend noch, erreich' ich unsre Höhen
und Dank Jehova mein erhalt'nes Leben.

Akiba:

Du theilst das ewig gleiche Los der Knechtschaft.
Drum hoffe auch dem großen Tag entgegen,
an dem sich Israel auf's Neue wird erheben.
                    (Zum Volke):
Doch fort von hier, den Rächern zu entweichen.
Fort! Brecht auf, eh noch die Sonne schwindet.
                    (Das Volk murrt.)

Sorab:

Die Klugheit weist den Schwachen an den Schutz der Berge,
auch sagen unsre Glieder den Gehorsam auf,
und Weib und Kind sie können nicht mehr von der Stelle.

Akiba:

Ihr bleibt? Hofft ihr vom Römer Gnade?
Sucht sie beim Tieger — nicht bei ihm.

Josua:

Trifft tödtend auch sein mörderischer Stahl:
er kann die Qual nicht mehren; — nur enden wird er sie.

Akiba:

Und eure Weiber? eure Kinder?

Josua (verzweifelnd):

Die Parther tödten ihre Weiber, wenn —

Akiba:

Schweig! Unglückseliger. Der Wahnsinn spricht aus dir.

Fünfter Auftritt.

Die Vorigen. — Simon (auf dem Haupte einen Helm mit roth-schwarzem Federschmuck, hält ungeschickt ein Schild und Schwert in Händen.)

Simon:

Ei sieh! die Männer aus dem „großen Thale".
O seid mit Hand und Herz bei uns willkommen.

Jochai (entsetzt):

Woher hast du den Helm, die Waffen?
Doch nicht — o sprich!

Simon (die Waffen auf die Erde niederlassend):

Am Fuß des Berges fand ich einen Mann,
mit Blut bedeckt, im Grase liegen,
und neben ihm, verstreut, dies bunte Spielzeug.
Schade, sagt' ich mir, daß Buben es verschleppen sollten,
begrub den Mann, und nahm die Waffen auf den Rücken.

Sorab (zu Akiba):

Rabbi, die Mehrzahl stimmt dir zu.
Wir sind bereit zum Aufbruch.

Simon:

Wie, ihr wollt schon wieder fort?
was treibt euch zu solch' ungewohnter Eile?

Sorab:

Lebst du im Traume, Mensch,
daß diese Zeit dich solche Fragen stellen läßt?

Simon:

Im Traume?

Akiba:

Unmöglich scheint es fast, daß dir noch unbekannt,
was schon seit Tagen, auch unsre stillen Thäler,
mit Wehgeschrei erfüllt, zu Wuth und Zorn entflammt:
Des Römers wilde Legionen, sie wälzen sich
von allen Seiten über uns're Grenzen.
Brand und Mord ist ihre Botschaft, und Ruinen
ziehn durch das Land die fürchterliche Straße ihrer Spuren.
Wer sich ergibt — schleppt man als Sklaven in die Fremde,
wer sich vertheidigt — stirbt von Mördershand.

Sorab:

Gehorsam fordern und das Leben rauben sie
und dies ist noch ihr schlimmstes Handwerk nicht.

Simon:

Entsetzlich!

Akiba.

Vor Stunden noch des Landes freie Bürger,
bedacht mit Herd und Hof, mit Weib und Kind,
treibt ihre Wuth als Bettler aus hinweg.

Jochai:

Und dieses Schwert, der Schild, dein Helm,
es sind die Waffen eines Räubers,
der gegen mich zum Morde sie gekehrt.

Ephraim:

So treiben sie es überall. —
Das Blut der Unsern schon in Bächen floß.

Droht uns im Kampfe sich'rer Tod, trifft Weib und Töchter
auch noch der Schändung schmacherfülltes Los.

Sorab:
Von dreizehn Söhnen zähl' ich keinen mehr. —

Akiba (düster):
Der Starke hat das Recht, das ist der Fluch der Zeit.

Josua (welcher den Hügel bestiegen hatte, entsetzt herab eilend):
Flieht! Flieht!
Die römischen Reiter jagen durch das Thal

(durcheinander)
> **Sorab:** Rette sich, wer kann!
> **Josua:** Flieht!
> **Ephraim:** Hinweg!
> **Das Volk:** Fort! Hinweg!

(Alles drängt sich in einem wüsten Knäuel zur Flucht nach links.)

Simon (sich ihnen entgegen werfend):
Halt!
Ist keiner mehr von euch ein Mann?
Ihr flieht, und habt noch Waffen? — Schwerter?
Ihr flieht und schämt euch nicht vor euren Buben?
Wollt ihr zum Unglück auch noch die Schmach gesellen?

Sorab (verzweifelnd):
Die Uebermacht —

Simon:
Schlagt sie todt, daß sie euch Weniger werden.
(Hebt den Schild vom Boden auf.)
Was gibt es jetzt noch zu erwägen?
(In der Ferne Trompetensignale.)
Hört ihr die Meute bellen?
Ich will euch führen
und Fluch den Memmen, die sich nach rückwärts wenden,

Akiba (entschlossen das Schwert ziehend):

Wir haben keine Wahl.

Wohlan! so führe uns zum Kampfe
und eine Krone dir, wenn du zum Sieg uns führst.

Simon:

Mir nach! stoßt mächtig in das Horn.
Nach rückwärts geht's zum Tode, zum Siege nur nach vorn.

Alle:

Heil Juda! Heil!

(Alle ab, nach rechts.)

Sechster Auftritt.

Tarama (von links):

„Heil Juda! Heil!"

Mög' dich das Wort ersticken, verfluchtes Krämervolk,
Das gleich den Nattern, stets neue Köpfe schießt,
wenn man die alten mühsam abgemäht.
Rennt hin, dem Schwerte Rom's zum leichten Spiel,
Denn kämpft ihr selbst wie Brahmas tapf're Söhne,
ihr werdet seine Legionen nicht erschüttern.

(vortretend):

Sie sind dem Untergang geweiht von höheren Gewalten,
die, wo ein Volk zu Grunde gehen soll,
mit Zwietracht seine Schaaren lösen und mit dem Wahn sie
blenden.
Ihn aber muß ich früher retten, gleichviel um welchen
Preis,
an dessen Rettung ich die letzten Schritte meines Lebens,
die letzte Kraft des morschen Leibes wage.
Doch bald muß es mir werden — oder es bleibt unge=
schehen,
denn Uebermenschliches noch einmal zu vollführen,
vermag ich nicht. —
Vergebens tauchte ich die welken Arme

bis an den Bug in warmes Menschenblut,
durchsuchte jedes Thal und jede Hütte,
stets zwischen doppeltem Verderben hangend:
dem Stahl der Römer, wenn die Späherin trog,
und Judas Rachemesser, wenn sie sich verrieth. —

(Sieht sich forschend um)

Hier oder nirgend endet seine Spur,
denn unter mir beginnt die Niederung
und „auf den Bergen" — so waren ihre Worte,
ließ Alma sterbend ihren Sohn zurück.
Hier sind die letzten Höhen — hier muß es sein.

(Gedankenvoll):

Und wenn ich ihn gefunden, an jener Krone,
jenes Sternes purpurrothem Zeichen —

wird er mir folgen?
verlassen dann, was er so lang geliebt?
verleugnen und verfluchen, was ihn mit allen Banden
der Jugend und Gewohnheit an ihren Herd gefesselt?
O welch' entsetzliche Enttäuschung, wenn ich nach dreißig
Jahren
am schwer erreichten Ziele — scheitern müßte.

(Nach links gekehrt):

Da liegt ein schmuckes Dorf! Ich will dahin —
dort gibt es Labung für die müden Glieder,
und auch — sieht Brahma's Auge gnädig auf mich nieder,
die langersehnte Spur, von meinem theuren Enkel.

(Nach links ab.)

Siebenter Auftritt.

(In der Ferne neues Schlachtengetöse.)

Rebecca. — Redja (von rechts).

Rebecca:

Auch hier nichts! Hört man doch auf Meilenweite
das Toben einer aufgeregten Menge.

Recha:

„Juda" bricht im Echo sich der Schall.

Rebecca (auf die Plattform eilend, gefolgt von Recha):

Das ist kein Hirtenruf, kein hülfesuchend Mahnen.
So tönt's im Kampf aus ehernen Drometen.
Und dort! — dort — wo's klirrt und glüht!
Ein schimmerndes Gewühl von Reitern und von Rossen
bedeckt den Weg, der von belaubten Höhen
sich breit in's Jordanthal herniederzieht. —
Sie führen Farbenbanner und Standarten —
auf schwarzem Grund den gold'nen Löwen Judas, —
und wieder Andere, die römischen Adler,
die schwankend über dem Gewimmel schweben.
Bei Saul und den Propheten: der Adler zieht zum Flusse —
doch dort — am Rand des Berges, — der hackenförmig
den Zedernwald umgreift, da dringen neue Haufen,

(Trompetenstöße.)

den Löwen führen sie, mit lautem Hörnerschall
des Ufers Damm hinauf, dem Feind entgegen.
Die dichten Reihen biegen — brechen sich,
und wieder rechts, da fließen sie in Strömen weiter.
Sie steh'n! — und zeigen sich die stahlbewehrten Stirnen
von wo, in tausend Flammenblitzen, sich endlos
der Sonne Strahlen gleißend brechen.

(Fernes Schlachtgeschrei.)

Sie sprengen an — sie stoßen aufeinander!
Furchtbar! (herabeilend)

Gräßlich!

Recha (ihren Platz einnehmend):

Gleich Flammenstrahlen zucken ihre Schwerter,
durch Staub und Gluthen niedersausend.
Wie Garben wogt es klirrend hin und her,
will nicht zurück, — und kann nicht vorwärts dringen.

Jetzt! — jetzt!

Der klein're Haufe weicht! es ist der Löwe! —
doch nein, — schon dringt er wieder vor
und hoch heraus, aus seines Fußvolks Reihen,
hebt sich ein stolzer, todeskühner Reiter,
umweht von seines Banners dunklen Falten.
Am Helme mengen rothe Federn sich mit schwarzen,
wie Feuerlohe züngelt in Gewitternacht.
Er stürmt hinein, wo sie am dichtesten sich drängen,
wo jedem Streich blitzschnell das Opfer folgt.
Jetzt hüllt der Staub sie ein, — der sich vom Boden schält,
nur ihre Schwerter sieht man rastlos zucken —
jetzt stockt der Kampf! — die Haufen bäumen sich, —
sie wanken — der Größ're fällt zurück. —

(Ferner Jubel.)

Sie flieh'n!

Der Siegerschaar voran, sieht man den Helden jagen.
Dort stürmten sie um jene Ecke, — sammeln sich, —
und rasseln jauchzend über die gemähten Wiesen,
vor ihnen wilde Flucht, nach ihnen Tod und Schrecken.

(Der Kampflärm verstummt.)

Fort sind sie, — im Waldesgrund verschwunden.

(Von der Platte herabeilend):

Komm Mutter! eilen wir!

(Nach links ab.)

Rebecca (ihr nacheilend):

Recha, bleib'! —

Kind, willst du nicht hören? —

(Ab.)

Achter Auftritt.

Tarama (von links):

Auch dort nicht! — Bin ich verdammt zu ewiger Enttäuschung?

(Blickt nach rechts   Posaunenstoß; — prallt zurück):

Was — seh' ich! — Rom ist geschlagen — und zerstreut?
und seine Haufen fliehen, gehetzt von einer Hand voll Juden?
(Entschlossen):

Wohlan! —
Und öffnet das Verderben seine letzten Schleußen,
Fest steht mein Ziel: — mein Enkel wird mir leben —
ober Juda stirbt.

(Ab.)

Neunter Auftritt.

Tarama. — Simon (ohne Schild und Schwert, das ihm Akiba trägt, auf dessen Arm er sich stützt.)

Simon (auf die Bank sinkend):

Hier laß mich nieder, guter Freund;
ich fühle mich zum Tod ermattet.

Akiba:

Es war ein harter Kampf, der Wenige verschont;
in ganzen Reihen liegt der Feind erschlagen.

Simon:

Wasser! Freund. Wasser! Nur wenige arme Tropfen!

Akiba:

Gern eilt' ich selbst.
Doch wenn ein flücht'ger Haufe dich hier fände,
die Frucht des Sieges, wär im Siege noch verloren.
Ich will versuchen, ob nicht mein Horn die Freunde näher
lockt.
(Stößt zweimal in's Horn.)

Tarama,
(welche sie belauschte, mit allen Zeichen des Schreckes Simon zu Füßen fallend):

Hülfe! Gnade! Schützt eine Greisin vor gewissem Tod.

Akiba:

Welch ein Scheusal!

Fort, Ungeheuer! Entweihe nicht den Boden,
den unser Volk mit seinem Blut geweiht.

Tarama:

Verschmachtend fleht der Wurm selbst um Erbarmen.

Zehnter Auftritt.

Die Vorigen. — Recha (von links.)

Recha:

Vergebens such' ich Simeon an allen Orten.
(Erblickt ihn.)
Der Helmbusch! — Mein Held! mein Simeon.
(Umfaßt ihn mit Leidenschaft.)

Simon:

Meine Recha!

Akiba:

Beschütz' ihn Mädchen, wie dein Heiligstes;
bald bin ich wieder hier.
(Rechts ab.)
(Tarama, die sich bei Rechas Kommen zurückzog, nähert sich wieder.)

Recha (stürmisch):

O sprich Geliebter! darf ich es glauben, —
bist Du der Held aus jener fürchterlichen Schlacht,
der Retter und Befreier unsres Landes?

Simon (matt):

Dein Bild begeisterte mich zu dem großen Wagniß,
dein Lächeln ist mir Lohn und Stolz zugleich. —
(Lehnt sich ermattet an Recha's Busen.)

Recha:

Um Gott, — wie wirst du blaß, wie matt. —

Simon (schwächer):

Die Gluth — der Kampf. —

Redja (ihm den Panzer lüftend):

Schnell! — das Erz erstickt dich — laß mich!
Ach Himmel, wo nur der Krieger bleibt.

Tarama,

(nähert sich dem Paare, während Redja ihm den Panzer lüftet und sein Kleid ver-
schiebt, daß die Brust bloß wird; sieht einen Moment starr auf Simon, dann mit
einem wilden Schrei auf ihn zustürzend):

Die Krone! — der Stern! — Er — er ist's. —

Redja (sie abwehrend):

Zurück! Wahnsinnige — oder ich rufe Hülfe gegen dich.

Tarama,

(sieht sprachlos die Gruppe, mit über der Brust gekreuzten Händen an.)
(Zum Himmel, für sich):

Alma, er ist gefunden!

Eilfter Auftritt.

Die Vorigen. — **Akiba** (bringt Wasser in seinem Helme).

Akiba (vor ihm auf ein Knie sinkend):

Hier, mein Freund!
Labe an des Jordans heil'ger Quelle dich.

Simon (trinkt in langen Zügen):

Ich fühle mich so wohl, so glücklich, —
(Akiba die Hand reichend):

ich bin belohnt.

Redja:

Wie doppelt schön bist du im Waffenschmuck, mein Simeon.
Nun aber muß ich fort! zur Mutter, zu den Freunden!
Sie sollen dich gleich mir umgeben, und deine Wunden
heilen.
(Küßt ihn.)
Gedulde dich, mein Alles! bald bin ich wieder hier.
(Ab nach links.)

Tarama (abseits)

Ein schöner Waffenschmuck, fürwahr,
doch wird ihn bald ein besserer ersetzen.

Akiba (sie erblickend):

Klebt dieser Molch noch immer an der Stelle?
                    Fort, sag ich — oder —

Simon:

                    Laß sie, Akiba.
An diesem Tage hat selbst der Wurm ein Recht auf Gnade.

Tarama (bedeutungsvoll):

Noch ist er nicht zu Ende — noch strahlt die Sonne dir.

Simon:

                    Was sagst Du?

Tarama:

Hast du ihn siegreich überstanden —
weh Jedem, der dir feindlich naht.

Simon:

                    Weiter — weiter!

Tarama:

Hier endet meine Kunst.

Simon (enttäuscht):

                    So ist's nur Stümperei.

Tarama (gespannt):

Doch wüßte ich den Tag, die Stunde, wann du geboren,
das Jahr der Zeit; — das Bild der Zukunft wär enthüllt.

Simon:

Seltsames Wesen! — Auch das sei dir gewährt.
Am Beïramsfeste, in der neunten Stunde, vor dreißig Jahren.

Tarama
(mit übermenschlicher Kraft ihre Bewegung meisternd; für sich):

Er ist's! — Fassung! — Ruhe.

Simon:

Du schweigst? —

Mehr weiß ich nicht, und wenn es nicht genügt,
muß ich auf deine Kunst verzichten.

Tarama (verwirrt):

Genug! Genug! Doch fürchte ich, — du wirst sie mir nicht
danken.
(Tritt hart an ihn heran, in seinen Zügen forschend.)

Simon:

Ich bin zu alt, um deine Märchen noch zu fürchten.

Akiba:

Mach's kurz, Alte. — Sprich oder geh' sammt deines Teu-
felskünsten.

Tarama (mit Nachdruck):

Sie lehrten mich, mit fremdem Glücke nicht zu spielen.
Wohl dir, hältst du an diese Lehre dich, mein Rabbi.

Simon:

Nun bin ich's müde. Sprich Alte — oder geh.

Tarama (zurücktretend):

Wohlan, so höre, Sohn des Sternes —

Simon (aufspringend):

„ — des Sternes?"

Tarama (feierlich):

Du stammst nicht aus dem Volke,
das dich zum Kampf entbot,

es folget dir zum Siege,
du führst es — in den Tod! —

Akiba:

Ersticke, Lügenbrut!

Simon (ihn abwehrend, zu Tarama):

Nur weiter!

Tarama:

Dein wartet eine Krone,
am grünen Jordanstrand,
es folgt dir Treu und Liebe,
Doch reißt ihr selig Band. —
Nie wirst du je erreichen,
was hell dein Geist jetzt ahnt,
denn des Geschickes Speichen,
treibt keines Menschen Hand. — —
Ein Heros kann durchflammen,
die Nacht zu einem Tag,
sie dauernd zu erhellen,
Doch nur ein — Gott vermag. — — —

Akiba,

(der mühsam an sich gehalten, mit dem Schwerte eindringend):

Hinweg, du Todtenvogel! (Treibt sie fort.)

Hinweg sag' ich, kein Wort.

(Beide ab nach rechts.)

Simon (allein):

War dies ein Warnungsruf, den mir ein Gott gesendet,
war es ein Märchen nur, ein schaler Trug verrückter Fan-
tasie?

(Gedämpfter, ferner Siegesjubel.)

Gewiß, — sonst dürft ich diesen Ruf ein Gleiches nennen,
und endlos reihte Räthsel sich an Räthsel,
verwirrend meinen Kopf, erschlaffend meinen Willen. —

Hinweg vermeſſ'nes Wähnen, des Himmels Rathſchluß zu
      durchſchauen.
Wie er dem Wurm es abgemeſſen, wird es vom Schickſal
      zugezählt.

Zwölfter Auftritt.

Simon — Akiba (zurückkehrend):

Akiba:

              Verwünſchte Hexe!
die ihr verrückend Gift uns in das Ohr geträufelt.
Fühlſt Du Dich beſſer?

Simon:

              Ganz leidlich wohl!
Die kurze Ruhe hat mich wunderbar geſtärkt,
ſo tief ſich auch des Schlachttag's Schreck und Glanz
in meine Lebensgeiſter eingewühlt und ſie erſchüttert.

Akiba:

Die Schlacht am Libanon ſchrieb deinen Namen
mit Flammenlettern in das Weltenbuch.

Simon:

        Doch auch die Hekatombe unſrer Todten!
Oh der Ruhm iſt theuer, — furchtbar theuer.

Akiba:

Er iſt uns reichlich aufgewogen,
blieb ja der Beſte uns am Leben,
um Judas ſieggeweihte Fahne zu neuem Kampf und Sieg
      zu führen.

Simon:

          Ich lehrte euch ihn rufen,
und haltet ihr ihn feſt, ſo iſt er euer Sklave;
auch ohne mich, ſollt ich euch nicht mehr führen.

                           2*

Akiba:

Nur seinem Meister wird er willig folgen,
nur Du allein verbürgst uns seine Treue.

Simon:

Hier sucht man nicht den Kampf, — er muß uns über-
raschen.

Akiba:

Der Römer ist in's flache Land zurückgeworfen,
ihn dort auf's Haupt zu schlagen, bedarf es Deiner Hand.

Simon:

Ich soll die Heimat mit der Fremde, mit neuem Wirken
tauschen?
weiß ich doch selbst noch nicht, was ich mir soll und werde.

Akiba:

Verlassen sie — und niemals wiederkehren. —
(Pause.)
Du kennst dies Volk, das zäh an seines Glaubens Formen
hängt,
und hundertmal gebeugt, sich immer wieder neu verjüngt.
Wenn nicht, das schwindende Jahrhundert müßt' es lehren,
daß jed' Jahrzehnt für Gott und Freiheit uns in Waffen
sah.
Doch unermüdlich, wie die Bürgerpflicht, ist auch des Römers Haß;
kaum haben wir uns seiner erst erwehrt, bedroht er uns
auf's Neue.
Er fühlt es, daß, so lang noch eine Säule von Völkerfreiheit zeugt,
ihm alle andern, die er längst gebrochen, nichts verbürgen.
Still muß es werden auf dem Erdenrund, und jede Hoffnung schweigen.
Schon greift sein Arm, der Babylon zerstört und Tyrus
überwand,

bis in der Skythen dürre Wüste; doch kann er's nie ver-
        winden,
daß ihm, der alle Kronen dieser Welt zerbrach, sich schlan-
        gengleich
das Volk der Juden immer noch entwunden, wenn er's
        zum Abgrund hingedrängt.
Er muß die Lücke füllen, muß unsres Landes Abgrund
        überbrücken,
der ihn von Asiens Schätzen trennt, — und deßhalb
        will er Krieg.
Wir sandten ihm die Blüthe unsrer Jugend, der Speicher
        beste Schätze,
und fünfzig Schiffe, mit dem Edelsten beladen, was Palä-
        stina zeugte.
Es schwuren Treue und Gehorsam unsre Boten dem Senat,
und ließen willig sich von seinem Cäsar rupfen. —
Umsonst! — Kaum heimgekehrt, bricht, wie ein Lavastrom,
von allen Seiten schon ein neues Heer, in unser armes
        Land.
Zerrissen wirft man den Vertrag uns vor die Füße
und fordert, als die Pfänder unsrer Treue, unsrer Ruhe,
die ganze Jugend, die Zierde unsres Volks in seine Sklaverei.
Und um die Last der Schmach in's Unerträgliche zu steigern,
reißt man den Tempel David's nieder, und will an seiner
        Statt
der römischen Geilheit einen Tempel baun, — mit unsern
        Töchtern. —
Verflucht der Arm, der noch an seinen Knochen
die Sehne stramm sich spannen fühlt
und nicht zum Rachemesser greift.
Verflucht die Memme, die sich an solch ein Leben
mit Bettlerfäusten klammert, statt es,
wo nicht zu bessern, zu zertrümmern.

(Begeistert.)

Führ du uns an, ergreif das Banner Israels und Judas,
vor dem der Pharaonen stolze Heere im Meeresgrund versanken,

und das in ewgen Siegen, vom Nil bis an den Libanon
die Helden unsres Volkes einst getragen.
Folg' mir, folg' deinen tapfern Schaaren
und ehe noch die Morgensonne dein rauschendes Panier
          bescheint,
ist Jericho erstürmt, die erste Stadt von deinem — König-
          reiche.

Simon:

Und hättest du auch minder feurig des Volkes Weh gemalt,
das Pflichtgefühl, die Menschlichkeit, wenn selbst kein höh'res
          Wollen,
sie führten mich in's Lager des bedrückten Rechtes.

Akiba:

          Du führst uns an?

Simon:

Was auch die Zeit uns bringen mag, ich will es redlich
          mit euch theilen.

Akiba:

Ein rasches Wort! — Ist es auch wohl erwogen?
Einmal gewählt, darfst Du nicht mehr zurück.

Simon:

Ein Thor, der zaudernd wägt, wo Alles zu gewinnen,
und nichts als ein verachtet Sein ihm zu verlieren steht.

Akiba:

Wer Alles wagt, kann — Alles auch verlieren.

Simon:

Gefahr und Schrecken zählt nur Jener,
dem diese Beiden Etwas noch bedroh'n.

Akiba:

Es täuscht der Wille uns, — doch öfter noch das Glück.

Simon:

An meinen Händen klebt das Blut Erschlagener.
Die Schiffe sind verbrannt, — ich kann nicht mehr zurück.

Akiba:

Nicht ein Soldatenhandwerk wartet deiner.
Dein Flug muß höher gehen, zur Krone des Gebäudes.
Stockt auch der Athem mir, ich muß die Frage stellen,
der du die Antwort geben sollst, — und wär's mit deinem
        Leben.
Fühlst du den Drang in deiner Brust geheimsten Tiefen,
die Millionen deines Volkes zu lenken und zu führen? —
Glüh'n warm genug in deinem Hirne die Gedanken,
daß, wenn's bedroht, dein Leben seine Freiheit schützt? —
Bist Du auch Mann genug, auf seines Schicksals Wage:
Heimat, Liebe, Freundestrost entsagungsvoll zu legen? —
Allein und ohne Wanken dein Schicksal zu ertragen,
und wenn der Bau mißlingt, in Trümmer ihn zu schlagen? —
        Dann folge mir! —

Simon:

Ich fühl mich stark genug, mein Alles dran zu setzen.
Kein Zaudern mehr! ich führe Kron' und Leben
fortan nur noch auf meines Schwertes Schneide.

Akiba:

So sei's!! — Im Thale warten unsre Krieger. —

Simon:

Wohl! — Doch euer Plan, nach dem ihr fechtet?

Akiba:

        Er ist vollendet! —
Die Rollen wurden unter uns vertheilt,
bevor der Sieg noch unsre Fahnen suchte,
damit, beginnt die Masse sich zu regen,
der rechte Augenblick in Zweifeln nicht enteilt,

Simon:

Nur Eines noch! — Ich finde es zur Zeit,
wo ich für lange scheide, die Dankbarkeit
den Menschen, die mich liebten und verehrten,
in warmen Worten früher abzutragen.

Akiba:

Bleib denn, indeß ich in das Thal hinuntersteige
und unserm Heer das Kommen — seines Königs melde.
(Ab nach rechts.)

Simon (allein, gedankenvoll ihm nachschauend):

„Die Rollen wurden unter uns vertheilt, —
bevor der Sieg noch unsre Fahnen suchte —"
                              So sagte er.
Vertheilt! — die Rollen! — Alle? Auch die meine?
Hat er an diesen Tag gedacht, bevor er wurde
und abgemessen mit den Andern, Sein und Dürfen
des Mannes, den ihm der Zufall einst entgegenführt?
Wär's eine Rolle nur, die er mir angeboten,
die ich zu spielen hätte, um, wenn das Stück zu Ende,
mit Beifall oder Murren abzugehn? —
                              (Aufwallend):
                              Niemals! nie!
An ihren Willen sollt ich mich gewöhnen,
bevor ich kennen, achten ihn gelernt?
Nicht doch, mein schlauer Rabbi.
Wem nur nach Waffenruhm gelüstet,
der kann wohl, wie es Fechterbrauch,
um ihn mit Hieb und Gegenhieben werben,
den Namen eines großen Würgers mühsam sich erschlachten.
Doch um ein Volk zu lenken, zu führen und beglücken,
gehört ein beßrer Kitt dazu, als das gestockte Blut
im Kampf gefallener Soldaten.
Ein Genius muß des Fürsten Herz auf seine Flügel nehmen,
und seinen Geist am Lichte schön'rer Sonnen wärmen.

Weit über seiner Zeit begrenzten Horizont
muß er mit Seherblick in ferne Welten schweifen,
das träge Volk, dem nur das Nächste frommt,
beglückt und reif dem Kommenden entgegenführen.
Das ist der große Stolz der Fürsten,
das ihr Gebäude Jahrtausende besteht,
ihr großer Fluch, daß, wenn's der Sturm verweht,
Jahrtausende es wieder nicht gebären. —

Dreizehnter Auftritt.

Simon. — **Recha** (von links):

Recha (erregt):

Die Mutter und die Aeltesten, sie nahen,
dem Helden dieses Tages, von dem der Ruf
auf Adlerschwingen die Thäler rings durcheilt,
der Freundschaft Gruß, des Volkes Dank zu bringen.

(Sich umsehend):

Doch sprich', wo kam der greise Führer hin,
den ich vorhin bei dir zurückgelassen?

Simon:

Er ging voran, und bald, — bald muß ich folgen.

Recha (betroffen):

folgen?

Simon
(führt sie zur Bank, wo sie sich setzen):

Komm, Recha!

Lern' muthig tragen, was Gott uns auferlegt
und laß uns diese Stunde noch verplaudern,
die letzte, die das Schicksal uns noch gönnt,
zu lindern unsrer Trennung bittres Weh.

Recha:

Welch dunkle Worte, mit denen du mich Arme quälst.

Simon:

Gewöhne dich an den Gedanken,
mit dem ich dich so gern versöhnen möchte.

                                    Sieh, mein Kind!
Ihr Frauen webt um dieses arme Leben
die ew'gen Rosen eurer beß'ren Liebe
und seid mit ihrem Duft, der euch beglückt, zufrieden.
Doch unser Streben sucht noch and're Ziele. —
Auf unsern Schultern ruht das mächtige Gebäude,
das ihr verschönt, das ihr zum Tempel macht,
auf daß das Edle mit der Stärke Kraft
zum Monument der Zeiten sich vereinen.
Willst du mir grollen, daß ich zu deiner Liebe,
die mich so reich beglückt, auch deinen Stolz gesellen will?

Recha (seine Hand ergreifend):

Nicht den Preis kann ich verdammen,
doch sein Opfer fürchte ich.

Simon:

Hast du an meiner Liebe je gezweifelt?

Recha (ernst):

Wirst du, wenn sich um deine Locken
der Jubelruf der großen Menge schmeichelt,
noch jenes armen Mädchens dann gedenken,
das dir sein Alles gab: die erste Blüthe ihrer jungen Liebe?

Simon:

                                    Beim ew'gen Gott!
Mag sich um meinen Scheitel winden,
ein strahlend Diadem von Glück und Ruhm,
mag ich vergessen in dem Strom versinken:
Du bleibst das Altarbild in meinem Heiligthum.

Recha:

Vielleicht nur ein's das Schmerz und Trauer malte.

Simon:

Du schlägst die erste Wunde meiner Seele
mit deinem Wort, das verwurfsvoll mich mahnt
an unsrer Liebe schönste, gold'ne Zeit.
Glaub' mir, ich scheide nicht um zu gewinnen;
ich wag' ein Herz an die Unsterblichkeit.

Recha (betroffen):

Schon wagst du? — Wagst ein Herz? —

(Bitter):

Und gäb man mir ein Königreich für meine Liebe:
ich wärf' es hin und tauscht mein stilles Glück
mit keines Purpurs drückendem Gepränge.

Simon:

Ein dunkler Griffel zieht die Lebensbahnen,
wo stets das Woll'n in unsres Könnens Schranken schwebt
Darf ich mich jenem Rufe widersetzen,
der mich zu Judas Retter auserwählt?
Darf ich's, selbst wenn ich es beweine,
daß dieser Kampf ein theures Herz mir bricht?
Liegt nicht in dem Bewußtsein ein unnennbarer Segen,
daß einst, wenn eine neue Sonne diesen Gauen
und ihren stillen Dörfern strahlt, auf's Neue dann
auf blühenden Gesichtern des Glückes reinste Bilder malt,
daß jede tiefbewegte Brust, der Besten frommer Dank
dann meinen Namen nennt?

          O meine Recha!

Auch ein Märtyrkranz hat seine Seligkeit,
auch ein Profetenlos hat seine Himmelslust.

Recha

(mühsam ihre Bewegung niederkämpfend):

         Du böser, lieber Mann.

Wie, kennst du nicht dies Herz mit seinen edlen Trieben!

Schon fühl ich meinen Stolz, den Würdigsten zu lieben,
allmälig über meiner Liebe Selbstsucht siegen.

(Fällt ihm an die Brust):

So zieh denn hin, um Israel zu retten.

(Uebermannt):

Dein Siegerschritt geht über theure Blüthen,
geht über Recha's Brautkranz hin.

Simon:

Du weinst?

O laß sie fließen diese heil'gen Tränen.
Sie sollen Diamanten der Liebe in meiner Krone mir sein.

Vierzehnter Auftritt.

Die Vorigen. — Rebecca, Jochai und festlich geschmücktes Volk
von links.

Rebecca:

Sieh' da, ein schneller Bote überholte uns,
so daß die Freundschaft nur vollenden kann,
was eure Liebe glücklich längst begonnen.

Recha

(der Mutter schluchzend um den Hals fallend):

Simeon will fort, will uns verlassen.

Rebecca (betroffen):

Ist's ein Scherz, fehlt ihm wohl Zeit und Ort.

Simon:

Es ist so, Mutter!

Das Volk entbietet mir durch seine Führer
den Stab des Feldherrn — und Davids Krone.

Rebecca:

Die deine Augen blendet.

Simon:

Mein Leben weih' ich ihr.

Rebecca:

Begreifst du, was du unternommen?
der vom Krieg und Herrscherkünsten
nichts als Männerstolz sein Eigen nennt?

Simon:

Der Geist ersetzt, was uns an Uebung fehlt.
So manche stolzen Schaaren sah man fliehen,
die nicht gewußt, wofür sie ausgezogen.
Uns weiht die Pflicht, das Vaterland zu schützen
das Racheschwert. Und dieses heil'ge Fühlen,
der freien Männer angebornes Recht,
ersetzt uns reich des Söldners blut'ge Kunst.

Rebecca:

Und wenn du gehst, vielleicht schon gehen mußt,
läßt du die Hoffnung uns auf baldig Wiedersehn?

Simon:

Wer kann wohl sagen, ob und wann er wiederkehrt,
wenn er das Segel hebt zum hohen Meere? O laß mich
                                          schweigen.
Mit unverrücktem Steuer will ich euch verlassen;
was an Erfahrung fehlt, muß Kühnheit mir ersetzen.

Fünfzehnter Auftritt.

Die Vorigen. — Akiba, Sorab und Bewaffnete von rechts.

Akiba (drängend):

Zu den Waffen, Kochba! Zu den Waffen!
Die Feinde wälzen sich in breiten Strömen
das Jordanthal herauf, besetzen alle Hänge.

Sorab:

Schon sieht man ihrer Panzer fahle Blitze
durch Waldeslaub vom linken Ufer leuchten.

(In der Ferne Trompetensignale.)

Sechszehnter Auftritt.

Die Vorigen. — Josua (athemlos, staubbedeckt.)

Josua:

Zur Schlacht! was Wehr und Waffen trägt.
Kaum halten wir des Flusses Ufer fest.
bedrängt von immer neuen Schwärmen.

(Zu Simeon, dem Akiba Schild und Schwert gereicht:)

Dein Diadem versinkt, willst du's nicht retten,
denn sind des Ufers Höh'n verloren,
ist es auch rettungslos die Schlacht.

Simeon (sich aufraffend:)

So lebt denn wohl, ihr meine theuren Herzen.
Was stolz ich meines Lebens Bestes durfte nennen,
was mich geführt durch Schmerz und Lust,

(Zur Mutter):

ein Mutterherz, kein treu'res werd ich finden,

(Zu Jochai):

den Freund, wo ich ein Kissen fand an seiner Brust,
mein Herz an seinem durfte neu erwärmen,

(Zu Recha, sie an die Brust ziehend):

und meine Liebe, den Demant meiner Schätze,
ich leg entsagend sie in euren Schooß zurück.
Ich reiß mich los, wir theilen unsre Habe;
ich halte eine Krone — und ihr mein Glück.

(Küßt sie.)

(Neue, schnellere Signale.)

Akiba:

Sie rufen uns!

Sorab:

Zum Kampf!

Josua:

Zur Schlacht!

Simon (auf die Plattform eilend):

Sie sind's, die kühnen Enkel der Makkabäer,
des Rechtes und der Freiheit starke Hüter.
Eine lebendige Mauer wälzt sich den römischen Knechten,
im wilden Drang, mein tapfres Heer entgegen.

(Eilt herab, Recha's Hand ergreifend):

Lebe wohl! vielleicht auf immer wohl!

(Drückt einen Kuß auf ihre Stirne.)

(Ergreift Akiba's Fahne. Zu den Bewaffneten):

Und jetzt zur Schlacht: Für Kron' und Leben!

(Ab, gefolgt von allen Bewaffneten. — In der Ferne zunehmender Schlachtenlärm —
Jochai eilt den Hügel hinauf; Recha fällt schluchzend an Rebecca's Brust.)

Der Vorhang fällt.

Zweiter Aufzug.

Eine Straße Jerusalems, welche in einen großen Platz endet, der vom festlich gekleideten Volke bedeckt ist.

Erster Auftritt.

Bürger und Volk. — Rebecca, Recha und Jochai zur Seite, ermüdet auf den Stufen einer Haustreppe gelagert. — Aus der Ferne leise Akkorde einer Feldmusik.

Erster Bürger (nach rechts weisend):

Seht Freunde nur, wie unsre tapfern Legionen
mit Sang und Spiel den König dort umfluthen.

Zweiter Bürger:

Hört die Posaunen endlos schmettern,
die den Messias aller Welt verkünden.

Erster Bürger:

Und jener erzumgoss'ne, bärt'ge Hauptmann,
der goldbehelmt, mit blutig rother Feder
die Eisenrotten der Zeloten führt. —

Zweiter Bürger
(während sich Recha erhebt und lauschend der Gruppe näher kommt):

Leicht erkennt ihr ihn an seiner gold'nen Kette,
die Bar Kochba ihm, am Tag der Schlacht im Libanon
als Zeichen seiner Gunst und Gnade schenkte.

Erster Bürger:

Welch wunderbare Wendung, nach so schwerer Zeit!

Zweiter Bürger:

Ja, ja, man wär' versucht an ihr zu zweifeln,
käm' nicht die Wirklichkeit herangezogen
und wüßt' man nicht, daß Größ'res noch im Werden.

Dritter Bürger:

Erzählt doch, Bürger.

Zweiter Bürger:

Wohlan, indeß der Zug den heil'gen Berg umkreist
will ich, — so viel ein alter Lanzenträger mir verrieth,
euch's treulich wiedergeben. — So hört!

(Das Volk schließt um den Erzähler einen weiten Kreis. Rufe: „Hört Ruhe!")
(Pause.)

Es war am Tag des hohen Passafestes. —
Die Heerschaar Ben Akiba's lag im Thale,
dort, wo des Jordan's blaue Wellen,
aus Zederwäldern sich zur Eb'ne wälzen. —
Die Wachen riefen wohl die erste Morgenstunde,
als plötzlich in des Waldes mächt'ger Runde
Gesträuch und Fels im hellsten Glanze strahlen.
Entsetzt, erstaunt greift alles zu den Waffen,
dem Zauber zu entflieh'n — und kann es nicht,
derweil er jedes Auge schier geblendet;
als eine mächt'ge Stimme aus höhern Regionen
sie an die Scholle fesselt.

                                    Die verkündet:
„Ich sende euch den langersehnten Retter,
aus Judas königlichem Stamme! —

                        Darauf folgt wieder dunkle Nacht.
(Pause. — Die Musik nähert sich.)

Der überird'sche Glanz war kaum erloschen,
das schöne Auge sucht des Lagers Zelte,
des Stromes Bett, das Thal von sanftem Roth erhellt,
als von des Berges waldbelaubten Höhen
in's Thal herniedersteigt — ein königlicher Held.

Bar Kochba.   3

Des weißen Kleides golddurchwirkte Falten
bedeckten kaum des Panzers Silbergrund,
indeß den Streithelm, den gekrönten,
ein Wald von schneeigen Straußenfedern kühlt.
Gelockt das Haupt, umblüht von Lorberreisern,
sein rauschendes Panier entfaltend in den Lüften,
so naht er königlichen Schrittes sich dem Lager,
wo ihn, des Jubels voll, die Führerschaar begrüßt.
Sein Blick beherrscht, sein Wort begeistert Alles, —
das Heer folgt nach, — es häusen sich die Siege,
und wie im Sturmeswirbel wogt ein eisern Meer
vom Libanon herab, — die Römer niederschmetternd,
das Land, das Volk befreiend und errettend.

(Zeichen frommen Staunens in der Menge.)

Erster Bürger:

S'ist Gottes Fügung!

Dritter Bürger:

Jehova sandte ihn!

Zweiter Bürger:

Doch Stille! — der König nähert sich.

(Das Volk drängt nach dem Hintergrunde.)
(Die Musik nähert sich immer mehr.)

Recha (erregt zur Mutter):

War's Simon nicht, den sie Kochba nannten
als er zur Schlacht für eine Krone zog?

Rebecca (aufstehend, gleich Jochai):

Ich weiß es nicht, —
und wenn es dennoch so gewesen?

Recha:

Bei Gott! er ist's, den sie hier König nennen.

Rebecca:

Und der zu kommen, damals dich belog.

Recha (erregt):

Verliebte Knaben mögen brechen,
was vorschnell sie gelobt; doch Männer,
die ein ernstes Leben großgezogen,
geloben schwerer, — halten fester.

(Rebecca wendet sich kopfschüttelnd dem Volke zu.)

Recha
(in steigender freudiger Bewegung):

Ich werd' ihn seh'n, von Glanz und Macht umgeben.
O schweig' mein Herz mit deinem wilden Pochen,
schweigt Sehnsucht, Hoffnung, Glaube, — Zweifel,
schweigt still! — Ich fühle meine Liebe neu erwachen,
die mich mit Himmelsbanden zu ihm zieht.

Zweiter Auftritt.
Der Festzug betritt die Bühne.

Nacheinander: Knaben, Mädchen, Jünglinge, Jungfrauen und Krieger; dann an der
Spitze von einzelnen Abtheilungen: Ephraim, Zorah und Josua, — hierauf Akiba
an der Spitze von Gepanzerten, am Schlusse Kochba mit dem (Diadem) gefolgt von
Priestern und Leviten.

Recha (fieberhaft):

Er naht! — schon seh' ich seines Helmes wohlbekannte
Federn,
die Siegeszeugen aus der Jordanschlacht.
Wie hold er grüßt und doch wie hoheitsvoll! —
Wie wird er selig lächeln, naht sich die Liebe ihm,
die ihm verblutend einst entsagt, um ihn nun doppelt zu
besitzen.
Schweig, schweig mein Herz, mit deinem sel'gen Fühlen,
du darfst ihm nichts von seiner Liebe Freigrund rauben.
Er ist nun König, — sei Sklave ihm, ein stiller Engel,
der seines Thrones heil'gen Sitz bewacht, umseligt. —

3*

Er ist's, er ist's — gebt mir des Adlers Flügel,
leiht mir der Seele hellsten Jubelruf —

leiht — leiht mir — — —

(Kochba tritt auf.)

(Mit geöffneten Armen auf ihn zueilend):

Simeon! — Geliebter!

(Die Musik verstummt. Tumult.)

Akiba

(mit ausgeholter Waffe zwischen Recha und den König stürzend):

Stirb, Verwegene!

(Recha starrt ihn wortlos an.)

Rebecca (verzweiflungsvoll):

Mörder!

Akiba,

(läßt das Schwert sinken; — zu Kochba, der sich nähert, schnell und heimlich):

Kein Wort!

(Laut zu den Wachen):

Bewacht die Tolle!

(während die Wachen Recha und die Ihrigen umstellen):

Platz dem König!

Musik!

(Der Zug setzt sich wieder in Bewegung. Kochba schreitet wie im Traume, Akiba folgt.)

Recha

(sieht ihnen starr nach; plötzlich sich ermannend, verzweifelnd):

Simon! mein Simeon!

(umschlagend):

Lügenhafter Gaukler!

(Zu den Ihren):

Saht ihr ihn beben? — ihn, vor mir, trotz seinen Knechten?
Wie Roth und Blaß, ein Spiel von Schreck und Scham,
vor aller Welt ihm durch die Wangen jagten?

Rebecca:

Ich fürchte es geseh'n zu haben.
Du hast nicht gut gethan, mein Kind.

Jochai:

Wir sind verloren, will er nicht vergessen.

Recha (stürmisch):

Er soll's auch nicht, er darf es nicht vergessen.
Niemals! Und thät' er's dennoch,
ich wollt den Königsplunder ihm herunterreißen
und ihn und mich in einer Schande bodenlosen Pfuhl.
Ein König — er? der noch vor wenig Monden
der letzte, ärmste unf'rer Knechte war?
Ein Retter, ein Messias — er? Wo will das hin? —
Der Bastard einer Heidin, — einer Philisterin!

Rebecca:

Bist du von Sinnen, Kind?

Jochai:

Das Leben ist's, womit wir deine Kühnheit zahlen.

Recha (immer wilder):

Ich will es ihnen in die Ohren schreien,
daß sie dran bersten sollen.

(Musik ertönt.)

So hört ihn doch den lust'gen Reigen:
Cymbalklang, Flöten und Posaunen.
Fürwahr! es liegt Methode in dem Narrenschwank. —
So heult doch mit dem Festgesang: ein Korybantenchor!
dem Judenkönig! — ihm! zum Krönungsmarsch!

Rebecca (vorwurfsvoll):

Kind, deine Weiblichkeit —

Recha:

Haha, die Weiblichkeit --
Soll mich dein Wortspiel vollends rasend machen?
Sag mir, beim Wahnsinn! nicht, daß ich sie je besaß.

(Faßt krampfhaft ihre Hand, flüsternd):

Du weißt, es gibt Gedanken, die mit des Abgrunds Teu-
    feln
aus einer Pfütze praßten, und einer von den allen,
der schlimmste heißt: die Schande!

Jochai:

Schweig, Unglückselige! Dort kommt der Graukopf wieder.

Dritter Auftritt.

Die Vorigen. — Akiba (mit Soldaten).

Recha:

Der ist mir eben recht willkommen:

(Zerrt Akiba in den Vordergrund.)

Sag' mir, du grauer Schelm, was du aus Simon gemacht.
Sprich! wenn dir die Vipernzunge vom Lügen nicht ver-
    dorrte.
Bist du von Stein?
Sprich! Belamssohn, oder du machst mich zur Furie.

Akiba (kalt):

Vergiß nicht, daß vom Einst uns schwere Tage,
und ihn von dir, — die Königskrone trennt.

Recha:

Ein Diadem! Es schien mir doch sein Kröulein,
wie deines Spießgesellen alle Narrenkappe.

Akiba:

Lern schweigen, — kannst du nichts vergessen,
denn ändern wirst du's nimmermehr.
Bist du bereit?

Recha:

Bereit zum Schweigen? — Nie! —

Akiba:

Dann zur Reise. —

Recha:

Du bist verwegen, Rabbi.

Akiba:

Verwegen oder nicht: —
es muß gescheh'n und du gehorchen.

Recha:

Ich muß gehorchen? Sag doch nach welchem Recht?
Wo ich nicht billige, da werd' ich auch nicht müssen.

Akiba:

Wohl ist des Lebens schwerstes Räthsel,
doch haben's Stärk're lösen müssen

Recha:

Wie altklug!
Gewissensnöthen scheinens nicht, die dir den Bart gebleicht.
Auf Lüge, Prahlerei — auf diese nun Gewalt,
fehlt euch zu Henkern — nur der Galgen.

Akiba:

Der Worte gäb' es wohl genug.
(Zu den Soldaten):
Schleppt sie zum Thor hinaus; und sorgt
daß ich kein zweites Mal, sie in den Straßen finde.

Recha
(mit Jochai und Rebecca fortgedrängt):
Fluch euch!

Akiba:

Fort mit ihr! Hinweg!

Recha:

Wie elend ihr begonnen, so mögt ihr enden.

(Alle ab.)

Akiba (allein):

Beschlossen ist's: sie darf in seine Nähe nicht.
Denn besser er verschmerzt ein Weib, als er verliert den
Kopf.

Vierter Auftritt.

Akiba. — Josua (von links):

Josua:

Du hier Akiba? — ich wähnte dich im Schlosse,
beim Cyprier und Bar Kochba's lustigen Weibern.

Akiba:

Mich rief ein wichtiges Geschäft:
des Königs altes Liebchen
aus dem Weg zu räumen. —

Josua:

Dann hoff' ich, daß du nachgeholt,
um was beim Einzug du gefehlt.

Akiba:

Vielleicht, hätt' ich nicht triftige Bedenken.
Wer that es je Kochba recht? —
Man kennt ja seine schlimmen Launen,
die Mancher schon mit seinem Kopf bezahlt.

Josua (grollend):

So Mancher, der für ihn im schweren Kampf geblutet.

Akiba:

Seinen schwarzumwölkten Sinnen
gilt der Treue Wort nicht mehr.

Josua:

Beim Teufel auch!
Es hat uns alle längst empört, daß er,
dem wir die Krone auf das Haupt gesetzt,
uns jetzt schon nach Tyrannenart bedenkt.

Akiba (für sich):

Ich weiß genug.

(Laut): Und doch —
Laß uns in Volk und Heer nach einem Bessern suchen:
Wo finden wir dem Pöbel einen stärkern Leiter,
dem Kriegsglück einen sieggekröntern Meister?

Josua:

Du kannst Bar Kochbas ganze Herrlichkeit
in dieses eine Fragezeichen stecken.

Fünfter Auftritt.

Die Vorigen. — Ephraim und Sorab.

Die Dämmerung bricht schnell herein.

Sorab:

Wer da?

Josua:

Nur Sorab's gute Freunde.

(Reicht ihm die Hand.)

Ephraim:

Ich hoffe wohl, die meinen auch.

(Reichen sich abwechselnd die Hände.)

Akiba:

Ein glücklich Volk, wenn seine Besten so zusammensteh'n.

Ephraim (ironisch):

Glücklich! — Man sollte es wohl glauben —

Akiba:

Und ist's nicht glücklich? Ist's ja schon Glück genug,
daß wir im eignen Land als freie Männer uns ergehn.

Ephraim:

Die wilde Gährung wäre überstanden, jedoch die Klärung,
die muß noch abgewartet, muß erst gekommen sein.
Der Kampf sorgt für die Größe, der Friede nur bringt Glück.

Sorab,
(welcher bis dahin lebhaft mit Josua gesprochen, erregt):

Nicht möglich, sag' ich dir.

(Vortretend):

Hört' doch Freunde,
welch' eine Mähr mir Josua begreiflich machen will.
Ihr wißt, daß wir den Nazarener richten sollen,
der heut am Tempelwall das Heiligste gelästert.
Wie dem auch sei: der König soll in vorhinein entschlossen
sein,
das Todesurtheil, wenn es fällt, — nicht zu bestätigen.

Ephraim:

Man darf das wohl bezweifeln.

Josua:

Ich hörte es aus seinem eig'nen Munde.

Ephraim (betroffen):

Er selbst — sagst du? —

Josua:

— Bei meinem Eide.

Sorab!

Das darf er niemals wagen.

Ephraim:

Was wäre Kochba zu gefährlich, wenn er will?
Doch unser ist die Pflicht, es aufzuhalten.

Sorab:

Gewiß! — ist er auch König uns, sind wir des Volkes
    Führer,
und nur dies Gleichgewicht, beschützt die Rechte Aller.

Josua:

Nun Akiba? — laß uns doch deine Meinung hören;
nur in der Eintracht liegt unsres Sieges Möglichkeit.

Sorab:

Sprich Rabbi, dein Wort ist von Gewicht.

Akiba (kalt):

Ich werde mich des Richteramts enthalten.

Ephraim:

Du weichst zurück?

Sorab:

              Akiba!

Akiba:

Ich weiche nie zurück, wenn ich Beharren für ersprießlich
    halte,
doch wie die Sache steht, heißt mich die Klugheit schweigen.
Nicht billigen will ich den Widerstand und nicht verwerfen,
wißt ihr doch selber nicht, welch ein Verderben er entfesseln
    kann,
dem, schließe ich mich an, der weise Mittler fehlen könnte.

Ephraim:

Du schwankst, du widerstrebst?

Akiba:

Wie könnte ich's, spricht ja für euch Gesetz und Recht,
doch gibt's Momente, wo uns das Jawort wie das Ver-
neinen drückt.

Ephraim:

Und wenn es dann zum Bruche kommt?

Akiba:

Das eben will ich unbedingt verhüten.
Nicht tausend Nazarenerleben würden seine Folgen wenden
und deßhalb laßt mich schweigen, um eurem Streite
das Wort der Milde und Versöhnung nicht zu rauben.

Sorab:

Sei es. Wer fünfzig Jahre makellos zum Volke stand,
dem darf man einen Schritt nicht zum Verrathe denten.

(Zu den andern):

Wir aber müssen fest zusammenhalten, mit dem Rufe:
Im Felde sein Genie, — im Innern das Gesetz.

(Ab.)

Akiba (im Begriffe abzugehen):

Ich kann ihm diese erste Prüfung nimmer sparen. —
Ein Fürst herrscht doppelt, weiß er zur rechten Stunde,
die leere Form der höhern Absicht aufzuopfern.

(Ab.)

Sechster Auftritt.

Ein Garten hinter dem königlichen Schlosse, von diesem durch eine Mauer getrennt.
Links eine Bank. — Ferne Musik. Mondschein.

Recha

(mit aufgelöstem Haar, im dunklen Mantel von links):

Welch' ein Jubel! versöhnend jedes Leid. —

Ein hungernd Volk und seine Führer schwelgen,
umjauchzt von Narr'n und nackten Buhlerinnen.
Ein lustig Zechen für so ernste Zeiten.

(Tröstend):

Huh! die Nacht ist kalt und meine Füße wanken,
in ruheloser Flucht die arme Herrin tragend.
Den Wölfen gleich, muß ich im Waldesdunkel
ängstlich flüchtend, mein feuchtes Lager suchen,
indeß er sich in süßem Wein ersäuft. —
Geduld! Auch seine Stunde naht, — und furchtbar schnell
Schon drängt mit Siegeswuth der neu gestärkte Römer
sein fliehend Heer nach Zions schwachen Mauern,
wo Hungersnoth und Pest sich um die Opfer streiten.
Doch horch! Tritte nah'n!

Hinweg, es gilt mein Leben.

(Zieht sich in den Hintergrund zurück.)

Siebenter Auftritt.

Redja. — Kochba (wankend und verstört):

Kochba:

Luft! Luft! — Ich ersticke in den Taumeldüften
die, gleich Vampyren, mir am Marke saugen

(Sinkt erschöpft auf die Bank.)

Hier find ich endlich einen Fleck der Ruhe,
den einzigen in meinem Königreich.

(Die Hand auf die Brust pressend, indeß sich Redja langsam nähert):

Wie's zuckt! — und mahnt!

Ich wollt' ich läg' nur Augenblicke lang,
im Schatten jener heil'gen Zedern
und dürfte ihren Worten lauschen
bei denen ich ein Paradies erträumt.

(Wärmer):

Aus dem Herzen sproßt's mir wieder,
wie ein duft'ger Blüthenstrauß;

zieht mich zu den Menschen wieder,
tauscht den Stolz mit Liebe aus.
Ach, wo seid ihr schönen Stunden,
wo sie noch mein Alles war?!

Recha (vortretend):

Wo du sie nicht mehr findest.

Kochba (aufspringend):

Wer spricht hier?

(Ueberrascht):

Recha?! —

Recha:

Welch ein Staunen?
Sind es doch wen'ge Stunden kaum,
da konnte selbst des Mittags Sonnenlicht
mein Bild dir nicht in das Gedächtniß rufen,
wo jetzt des Mondes fahler Schein genügt,
dir stammelnd deines Bräutchens Namen zu entlocken. —
Du wendest dich von mir? so bleich, so abgehärmt; —
ich glaube fast, daß du Erröthen schon verlernt.

Kochba:

Was soll dein Hohn? Er nähert nicht die Kluft,
die zwischen uns das Schicksal ausgehöhlt.

Recha:

Das arme Schicksal!
Wie billig wird ihm nachgezählt,
was wir nur schwer auf eigner Schulter trügen.

Kochba:

Du brauchst mich nicht zu neiden, siehst du was ich gewann;
zum Elend des Beherrschten, auch noch des Herrschers Leiden.

Recha (erbittert):

Daß ich dich jetzt noch winseln hören muß,
der selbst das Schicksal in den Kampf gefordert.

Kochba:

Du haft mich nie verstanden. —

Recha (schnell einfallend):

Wer hat die Lüge je versteh'n gelernt? —
Verstanden nicht — doch endlich dich durchschaut.
Entpuppt als Zwerg, keuchst unter einer Krone,
du schweißbedeckt dem Schluße der Komödie zu.
Zu dünkelvoll als Knecht, zu schwach als Herr,
ein Bastard zwischen Wollen und Vollführen,
zeigst du der Nachwelt eines Abenteurers: Glück und Ende.

Kochba:

Wenn auch ein Wahn, war's doch ein edler Wahn;
noch läßt er mir die Seele unbefleckt verbluten.

Recha:

Wie gut du dich auf den Effekt verstehst! —
Nach Lüge, Treu= und Eidbruch: ein hoheitsvolles Sterben

Kochba:

Wie du's auch nennen magst, beneidenswerth ist's nicht,
D'rum laß versöhnt uns und verzeihend scheiden.
(Reicht ihr die Hand.)

Recha:

Die Hand ergreifen, die mich entehren konnte?
Niemals! Du haft den Krieg gewollt, führ ihn denn auch
zu Ende

Kochba:

Ich werde ihn nicht führen,
denn was ich heut geliebt, kann morgen ich nicht haffen,
Entsagend will ich meine Straße weiter ziehen,
ein Pilger, auf dem Haupt die Dornenkrone,
und mit dem stolzen Glauben, daß mein Leben
auch meines Volkes letzte Hoffnung endet.

Recha:

Umsonst nennt man dich nicht den „Sohn der Sterne;
wenn nichts, dein Dünkel reicht gewiß hinauf.

Kochba:

Es geht mein Sein, in meinem Volke auf

Recha:

Erbärmlich wär das Volk, das seine Freiheit
von eines Königs Laune sich erbetteln müßte.

Kochba:

Ich will mit dir nicht über Silben rechten
Verzeihe, wenn jemals du an mich geglaubt,
verzeihe, wenn du jemals mich geliebt.

Recha
(wehrt ihn trotzig von sich ab.)

Kochba (auf's Knie sinkend):

Sieh mich, wie einst in uns'rer Liebe besten Tagen,
zu deinen Füßen um Vergebung flehen:
sieh einen König dir —

Recha:

Laß dieses blöde Possenspiel.

Kochba (sich erhebend):

So lebe wohl!
vielleicht auf Nichtmehrwiedersehen!

Recha:

Doch mein stolzer König —
(Kochba geht ab.)
Wenn Gottes Donner dich zermalmen.

Kochba (am Rande der Szene):

Er lenkt die Bahnen — auch ihr Ende.

(Ab.)

Achter Auftritt.

Recha, dann Cassius, welcher in voller Rüstung über die Ringmauer steigt.

Recha:

Er oder ich!

Raum für Beide hat dies Weltall nicht.

(Geht nach rechts ab.)

Cassius (vertritt ihr den Weg):

Halt! —

Wer bist du?

Recha

(wendet sich zur Flucht nach links.)

Cassius

(mit gezogenem Schwert ihr neuerdings den Weg abschneidend,:

Steh! sag ich dir; wo nicht — stoß ich dich nieder.

(Erfaßt sie und schleudert sie in den Vordergrund.)

Was suchst du hier?

Recha:

Was wir endlich alle finden: den Tod!

Cassius:

Um doch zu fliehen, wenn man dich bleiben heißt?

Recha:

Dein Stahl war es, — der mich bedrohte,
bevor ich noch mein Tagewerk vollbracht.

Cassius:

Und wenn ich ihn gebrauchte?

Recha:

War's dir ein Handwerk nur.

Cassius (das Schwert versorgend):

Geh sonderbares Weib.

Für deinesgleichen haben Männer keine Schwerter.

Bar Kochba.

4

Redja (nach links abgehend):

Du siehst wir taugen für einander nicht.

Neunter Auftritt.

Die Vorigen. — **Tarama,** die bei Cassius letzten Worten die Szene betrat.

Tarama

(indem sie Redja den Weg vertritt):

Bleib!

Das Leben schenkt nur wenige solcher Augenblicke,
in dem sich alle Leidenschaften einig finden!
Herrschsucht, verschmähter Liebe Haß und Racheburst.

Redja (verächtlich):

Was weißt du —

Tarama:

— von Redja's Qualen?

Redja:

Wie? sieht man die Schande selbst in dunkler Nacht?

Tarama:

Du armes Kind! ich sah dir deine Tempel stürzen,
bevor du sie zu bauen recht begonnen
Sah dich im Libanon mit Simon Kränze winden,
im Sonnenuntergang euch tändelnd kosen,
der ersten Küsse Wechselschwüre tauschen. —

Redja (das Antlitz bedeckend):

Halt ein, Unselige!

Tarama:

Sah deine Wangen sich in stolzer Röthe baden,
als er nach seiner Krone siegend langte,
sah' deine Thränen, deine Lust, — sah auch
des Einzugs seltsam Wiederseh'n.

Recha (ihre Hand erfassend):

Schweig Teufel! schweig.
Nicht stückweis will ich mich zerfleischen lassen.

Tödte oder schweige.

Tarama:

Dich tödten — und ihn leben lassen? —

Recha (läßt stöhnend ihre Hand los.)

Tarama:

— indeß er schwelgt — und mit der Großmuth eines
Mörders
dir von Versöhnung girrt, — nachdem er dich zertreten?

Recha:

Was kann ich auch!
Zum Waffenhandwerk ist mein Arm zu schwach.

Tarama:

Kurzsichtige! Du suchst die Waffe und du hältst sie in der
Hand.
Bist du erblindet, nicht zu sehen, wie seine Herrlichkeit,
an einem Faden nur, an dieses Volkes blödem Glauben
hängt?
Er ist der König nur, weil seines Rabbi schlaues Ränkespiel
ihn aus dem Stamme Juda, der Königswiege, stammen
läßt —
Zerreiße dies Gewebe, entlarv' ihn als den Heidensohn --

Recha (starr, krampfhaft ihre Hand fassend):

Nur langsam träufele dein scharfes Gift, — schnell müßt'
es tödten.
Langsam, — nur langsam, — mein Kopf dreht sich im
Wirbel.

Tarama:

Der König fällt, wenn erst der Jude fiel.

4*

Recha:

Nein! nein! Ich kann ihn strafen — tödten nie!!

Tarama:

        Sein Leben ist mir längst verbürgt,
wenn sich sein Los von diesem Volk getrennt,
das fallen muß und wär's mit Eisenketten
an alle Säulen dieser Welt geschmiedet. —
Hier steht der römische Consul, deß Legionen,
eh sich die Sonne dreimal neigt, Jerusalem bestürmen.
Nur einen Weg der Rettung gibt es für sein Leben:
wenn du ihn nicht entthronst, bevor der Sturm begonnen,
muß er, im Kampf mit seinem Volke enden.

Cassius:

Glaubst du an eines Römers Schwur: so glaube ihr.
Und nur im Namen des Senates spreche ich,
wenn ich für seine Freiheit dir und Leben bürge.

Recha (bitter):

Und sein Volk? — auch das meine —

Tarama:

Rührt dich das Schicksal seines Volkes,
das sich um seinen Wagen schaarte, der über dich hinweg-
       gerollt?
das dich durch seine Straßen hetzt und mit dem Tod bedroht?
Ja dann gib alle Hoffnung auf; — kehr heim in deine
       Berge,
und in den Höhlen dort begrabe Schmerz und Schande.

Cassius (drängend):

Erfaß das Glück der flüchtigen Minute. —

Tarama:

Wähle, — verwerfe, — doch wanke nicht dem Strohhalm
       gleich. —

Nichts ist verächtlicher als großes Woll'n und kleinliches
Erwägen.

Recha

(entschlossen, nach übermenschlichem Kampfe):

Wohlan! — ich — bin — die Eure! —
Doch Gott im Himmel weiß, — wie schwer es wird,
wie Stück für Stück dies arme Herz zerbröckeln mußte,
bis jede Furie davon ein Theil gewann.
Doch endet — endet — oder ich vergehe.

Tarama (aufathmend):

(Für sich): Endlich bricht sie zusammen.
(Laut): Wohlan, — so schreiten wir an's Werk.
(Zu Cassius):
Du hältst das Heer zum Sturm bereit.
(Zu Recha):
Und dich erwarte ich beim Sonnenaufgang,
wo in der Tempelhalle die Oriflamme brennt.
Es naht der Jahrestag der Schlacht am Libanon.
Sie werden ihn mit Festgepränge feiern,
denn Schlachtgesang reizt stets zu neuem schlachten.
Das ist der Augenblick —

Recha

(sie heftig mit der Hand abwehrend):

Schweige!

Tarama:

Der Morgen tagt —
so laßt uns scheiden.

Cassius:

Wenn es von Vortheil, führ' ich die besten Truppen
euch mit dem ersten Grau, bis an den Wall heran
(zu Recha):
und schütze dich bei deinem schweren Wagniß.

Tarama:

Ich werde nicht von deiner Seite weichen.

Recha:

Nein! nein! laßt mir mein Handwerk;
nicht neiden braucht ihr mich, wenn ich's nicht theile.

Cassius:

                     Ich gehe – –.
Ein beſſ'rer Stern mög' unſrem Wiederſehen leuchten.

Tarama:

                    Er wird's,
und wär's auch nur dem Ende dieſer Stadt,
und dies ist reicher Lohn, geht alles and're auch verloren.

Cassius und Tarama
nach verschiedenen Seiten ab.

Recha
(im tiefsten Schmerze zusammenbrechend):

                   „Verloren". —!

Der Vorhang fällt.

Dritter Aufzug.

Ein Saal in der königlichen Burg; rechts vom Zuschauer ein schwarz-behangener Tisch, auf welchem ein siebenarmiger Leuchter steht. An dem Tische sitzen Sorab, Josua und Ephraim, ihnen zur Seite Richter; ihnen gegenüber Kochba auf dem Throne, umgeben von der Tempelwache, welche Akiba führt. Im Hintergrunde das Volk; zwischen den Richtern und dem Throne Alcazar.

Erster Auftritt.
Kochba, Akiba, Ephraim, Sorab, Josua und Alcazar.

Kochba:
Wer klagt den Mann des Gotterfrevels an?

Sorab (sich erhebend):
Mein Amt legt diese Pflicht mir auf,
mir doppelt heilig in bedrohten Zeiten.

Kochba:
Beginne!

Sorab:
Beim letzten Sturm der Römer, als uns mit grimmer
       Wuth
vom Wall herab die stürmende Kohorte drängte,
warf dieser Mann sich an des Tempels Stufen nieder,
die Hülfe jenes Nazarener's uns erflehend,
der einst, vor mehr als hundert Jahren,
dem Spruch des Volkes und Gesetzes fiel.

Kochba:

Bist du zu Ende?

Sorab:

Ich bin es. —
Und du Alcazar von Gethsemane ...
bist du ein Nazarener? — Gestehe!

Alcazar:

Ich kann — und will's nicht leugnen.

Kochba:

Was Jener von dir ausgesagt? —

Alcazar:

Das wohl!

Das Volk:

Er lügt! — tödtet ihn! —

Kochba (mit Hoheit):

Ruhe!
Gerichtet wird er, — gehört muß er werden.
(Zu Alcazar):
Sprich! doch wäg' bedachtsam deine Worte,
sie können dir zum Urtheil werden.

Alcazar:

Es war beim Sturm, als unsre Schaaren wichen
und jubelnd euch die wilden Heiden drängten. —
Ich stand am Wall, um meine Enkel bang,
indeß die Söhne mit euch fochten, mit euch fielen.
und folgte ängstlich eurem Heldenkampf.
Doch als ich sah, wie ihr, — schon ganz umringt,
nur mühsam Euch der Uebermacht erwehrtet,
da bangte mir um meiner Kinder Leben.
Ich warf mich auf des Vorhofs blutbedeckte Stufen

und flehte heiß zu Gott: er möcht' den Sieg euch wenden.
Ist ja die Stadt auch unser Schutz und Hort
Doch kaum entschlüpft das Wort der blassen Lippe,
als mich auch schon ein flüchtiger Haufe greift,
der in den Kerker mich und dann zum Richtplatz schleppt.

Kochba (zu den Richtern):

Ich finde nicht, daß sein Vergehen todeswürdig,
zeiht ihn die Klugheit auch versäumter Pflicht.

Das Volk:

Tödtet — steinigt ihn!

Sorab:

Er ist ein Nazarener!

Die Richter (alle):

Er stirbt!

(Pause.)

Kochba:

Hat er geschmäht die Bibel? die heiligen Gebräuche?
Beschimpft die Väter? den Glauben, — die Gesetze?

Sorab:

Nicht dies, dies Alles hat er nicht,
doch hat er fremde Götter angebetet.

Kochba:

Nur Einer war es, — ist es, — den er ruft.

Sorab:

Er ist ein Nazarener.

Das Volk (wüthend):

Nieder mit ihm!

Josua:

Nach Urtheil und Gesetz!

Kochab:

Ich kenne kein Gesetz in unsren heil'gen Schriften,
das fremden Glauben mit dem Tod bedroht.

Sorab:

Er stirbt nach unserm und des Volkes Willen.

Kochba (entschieden):

Glaubt ihr? Bei meiner Krone: er wird es — nicht.

Ephraim (sich erhebend):

Herr, bedenke —!

Kochba:

                               Es ist bedacht.
Ein Urtheil, dem zum Morde nur der Name fehlt,
wird niemals meinen Namen tragen.

Ephraim:

Das Urtheil wird gefällt im Namen des Senates.

Sorab:

Uns trifft der Vorwurf, uns die Schuld, straft das Gesetz
ihn nicht zu Recht, — deßhalb ist unser auch die Freiheit
                  unsres Handelns.

Kochba:

Das Leben ist des Bürgers höchstes Recht, des Staates
                bestes Gut,
Der Fürst muß jenem Anwalt, diesem Hüter bleiben.
Er hat es aufgehört zu sein, läßt er sie opfern ohne Wie-
                derstreben.
                     (stolz:)
ich aber bin noch Fürst — und widerstrebe diesem Spruch.

Ephraim:

Das ist Verrath an unsern guten Rechten.

Sorab (sich erhebend):

Verrath an Land und Volk!

Josua (gleichfalls aufstehend):

Die Sprache des Tyrannen.

Kochba:

Nicht weiter! — der Nazarener bleibt am Leben.
Euch steht das Richtschwert zu, — doch mir die Gnade.

Ephraim:

Die Mehrheit richtet hier.

Sorab:

Und das Gesetz ist heilig.

Josua:

Nicht ungestraft rührt man es an.

Viel wagt - -

Kochba (drohend):

-- wer die Majestät beleidigt.

Sorab

(die Hand am Schwert, mit einem Schritt gegen den König):

Nicht mehr als Kopf um Kopf!

(Ephraim und Josua ahmen Sorab nach. — Ungeheurer Tumult; ein Theil des
Volkes schließt sich Ephraim und den Andern an.)

Kochba

(welchen Akiba schützend mit den Wachen umringt, das Schwert ziehend, und vom
Thron herabeilend):

Zurück Rebellen!

Wenn steht sein Kopf so fest, daß er drum würfeln möchte?
Bin ich ein Kind, das Worte schrecken, sinnloser Lärm
erbeben machen kann?
Zur Herrschaft nahm ich einst das Szepter in die Hand,

(Akiba verläßt mit einem langen Blicke auf die Verschworenen geräuschlos den Saal)

nicht aber zum Gehorchen unvernünft'ger Wuth.

Nicht euren Namen bedeckt einst dieses Mordes blut'ge
     Schmach.
Ihr seid mit eurem Tode auch gestorben,
wenn die Geschichte dann mit ehernem Griffel
Kochba's Schuld und Wirken auf ihre Tafeln schreibt.
Geht — geht — der heut'ge Tag sei ausgemerzt
aus Israels Geschichte; — ich will ihn gern vergessen.
(Die Verschwornen, das Volk und die Wachen schweigend und düster nach verschiede-
nen Seiten ab.)

Zweiter Auftritt.

Kochba und Alcazar.

Alcazar (zu Kochbas Füßen):

Mit heißem Dank umfaß ich deine Kniee;
mein Leben, meine Freiheit dank ich dir.

Kochba:

Nicht mir, nur dem Gesetze danke sie. —
Und wär' es so? — Was gut und recht bedarf des Segens
    nicht.

(Alcazar erhebt sich.)

Zieh' hin, befreit, den Deinen neugeboren,
und hast du einen Dank für mich,
dann lerne deine Kinder beten:
der Gott der Wahrheit und Gerechtigkeit
mög' segnend über unsres Landes Zukunft wachen.
Nun kehre heim; — die Deinen werden dich erwarten.

Alcazar:

Vermag noch eines Greises frommer Segen,
des Unheils schwere Wolke zu verdrängen,
die über uns mit düst'rem Ernste schwebt,
dann will ich betend ihn vom Himmel rufen.
Mein letzter Hauch soll dir ein Segen sein.

Kochba:

Ich will ihn gern mit meinem Volke theilen.

Alcazar:

Mein Segen bleibt zurück —

                                     ich scheide.

(Langsam ab.)

Dritter Auftritt.

Kochba

(allein, auf das Schwert gestützt, ihm nachblickend):

               Mög' er mir treulich helfen,
Mein schweres Tagewerk auch glücklich zu vollenden.

(Ferner Donner, einbrechende Dämmerung von Blitzen erhellt. — Ans Fenster tretend):

Es zieht herauf mit Blitz und Donnergrollen!
Ein finster drohend Wetter hebt sich aus den Tiefen,
umbrandend meinen morschen Thron
Werd ich es überleben? ---

               Es gleicht mein Wille
jenen Feuerblitzen. -- Auf kurze Augenblicke
kann er die Nacht erhellen, doch läßt sein Flammen
nur grauenhafter noch des Abgrunds Tiefe ahnen,
den Menschenwahn und Schicksal heimlich aufgewühlt.

(Tritt näher an's Fenster. Der Blitz schlägt ein.)

Wie kurz und groß! —
Es ist ein Fingerzeig der unbekannten Mächte,
die mit dem Schrecken unsre Seele weihen,
auf daß sie, was sie nicht begreift, — durchfühlt.
Gäb' mir das Schicksal doch ein solches Los:
die Nacht der Menschheit flammend zu erhellen,
im kurzen Kampf an's Endziel sie zu führen,
dann fallen, wie sein Blitz: so einsam, leuchtend, groß!
Wie anders will der Mensch dem Göttlichen sich nähern?
Des Wirkens letzter Augenblick muß Alles in sich fassen,

was Edles er gefühlt, was Großes er erstrebt.
Vermag er dies in einem Werke seines Schaffens zu vereinen,
dann hat der Wurm dem Gott sich gleich gelebt.

(Gedankenvoll ab.)

Vierter Auftritt.

Akiba, Ephraim, Sorab und **Josua** von rechts, Josua und Sorab
mit Fackeln, welche sie in die Mauerspalten zwängen.

Akiba:

Was soll die Heimlichkeit, der wir schon längst entwöhnt.

Josua:

Beim Sinai! es nicht unsre Schuld.

Sorab:

Wir wollen, daß es anders werde.

Ephraim:

Und besser!

Josua:

Gebt euren Wollen auch den rechten Namen:
wer diesen wählt, der schont nur den Tyrannen.

Sorab (vortretend):

Der König muß sich beugen — oder fallen!

Akiba:

Ihr laßt mich nicht zu Worte kommen. —

Ephraim:

Es ist des Volkes Stimme, des Rechtes furchtlos Droh'n,
wo jene er erstickt und dieses uns bedroht.

Sorab:

Der undankbar, mit übermüth'gem Hohn
das Volk verdirbt und seine Führer knechtet.

Akiba:

Gesprochen wär' es leidlich glatt;
doch wo bleibt der Beweis? der Name des Verbrechens?

Ephraim:

Verletzung aller Rechte, die er uns beschworen,
Willkür und Tyrannei —

Sorab:

— Verachtung der Gesetze.

Josua:

Es wäre eitle Müh', in Worte kurz zu fassen,
was heute schon das ganze Volk empört.

Ephraim:

Mit unserm Blut ist seine Krone ihm errungen,
doch nicht um ihn zu setzen als Herrn über Knechte.
Auch unsre Stimmen müssen dort entscheiden,
wo unsre Schwerter scharf genug zum Kampfe.
Er muß, mag er nun wollen oder nicht,
die Herrschaft mit uns theilen — oder — fallen.

Akiba (zurücktretend):

Welch' ein Teufel hat euch diese Sprache eingeblasen?
Hat der Erfolg euch das Gehirn vertrocknet?
Gesetzt den Fall, — den keiner noch beschwört, —
ihr hättet Recht, daß man es greifen könnte.
Seid ihr so toll, im Angesicht des Römers,
zum äußeren, den innern Krieg noch zu entzünden?
Vereint euch kaum erwehrend, wollt' ihr in Zwietracht
          siegen?

Sorab:

Erfolg und Lärm beherrscht die Menge;
wenn wir gesiegt, heißt er des Sieges Meister

Josua:

Nie sah ich mächtiger Tyrannen, als dann,
wenn sie das Volk Befreier hieß.

Akiba:

Und wenn er fällt, hofft ihr auf euren Sieg?

Ephraim:

Ob Sieg, ob Fall, das drückt uns jetzt nicht mehr.
Es gilt der Freiheit unsre ernste Sorge
und weh' dem Kühnen, der sie uns bedroht

Akiba:

Wollt ihr denn nicht der Klugheit Stimme hören?
So wartet doch den nächsten Ausfall ab.
Habt ihr gesiegt, dann sucht es auszunützen,
habt ihr verloren, — reißt ihn mit hinab.

(Für sich, während die Drei abseits berathen):

Webt nur das Netz!
Es wird gesorgt, daß siegend euch das Dürfen
und untergehend euch das Können fehle.

Ephraim (wieder vortretend):

Wohlan, der nächste Ausfall sei die letzte Frist.

Akiba:

Ich selbst will euch die Hand zur Hülfe bieten,
vereint ihr Strenge mit Gerechtigkeit.

Sorab (sich umsehend):

Der König steigt die Treppe dort herab.

Akiba:

Fort! Fort! daß er nichts ahnt,
bevor er fürchten noch gelernt.

Ephraim

Du schweigst doch Akiba?

Akiba:

Wie das Grab.

Ephraim:

Auf Wiedersehen!

(zu Zerah und Josua):

Kommt denn.

(Alle ab bis auf Akiba.)

Fünfter Auftritt.
Akiba, dann Kochba.

Akiba

(während Kochba langsam die Treppe herabsteigt, — ihnen nachrufend):

„Auf Wiedersehen!"
Doch nur umstarrt von Rächerschaaren eures Königs,
wenn nicht am Schlachtfeld — bei den Todten.

Kochba (düster):

Du hier Akiba? — ich suchte dich im Vorhof.

Akiba:

Und dich zu finden stieg ich vom Wall herab,
den neuerdings drei Tausend Leichen decken.

Kochba:

Was gibt es wieder?
Sprich mir nur nicht vom Königshandwerk heute;
seit Stunden mangelt mir dazu die Laune.

Akiba:

Dem König wird zu Land das erste Wort belassen.

Kochba:

Im Hintergrund des Gartens traf ich Recha. —

Akiba:

Hetzt denn der Satan dieses Weib auf uns?

Bar Kochba.   5

Kochba:

Ich liebte sie!

Akiba (die Achsel zuckend):

„— — liebte sie!"

Kochba:

Laß das Akiba, ist ja der Undank nie erbärmlicher,
als wenn er sich ein liebend und geliebtes Weib zum Opfer
        wählt. —
Sei du ihr Hüter, sei ihr mehr, o sei ihr Freund,
und jedes Opfer, das ich brachte, sei vergessen.

Akiba:

Ich muß gehorchen, doch glaube mir,
ich ließ mich gern um diesen Auftrag neiden.

Kochba:

Es wird gescheh'n! —

        Was gibt es sonst?

Akiba:

Nicht viel und doch bedenklich in so ernster Zeit. —

Kochba:

        Mach's kurz;
ich bin zum Räthsellösen nicht gelaunt.

(Die Verschwornen lauschen hinter den Säulen.)

Akiba:

Man will, — ganz kurz, — dich allernächst entthronen.

Kochba (zurückprallend):

Hast du dein Hirn im Cyprier vertrunken?

Akiba:

Wohl fänd' sich manches Fürsten Krone dort,
die spurlos in dem süßen Rausch der Schwelgerei versank.

Doch deine nicht, gewiß noch nicht — so lang du lebst
und fechten willst.

Kochba:

Ich hab' vor jenem bleichen Gaste nie gezittert; —
doch wenn sich Meuchler nah'n, ist's Freundespflicht
den Anschlag zu enthüllen, die Schuldigen zu nennen.

Akiba:

Und wenn ich sie genannt! was hälf' es auch? —
Genug es sind die Besten unf'rer Führer.
Nur rathen wollt ich dir, — du sollst die Zügel lüften,
die jeden Augenblick mit dem Zerreißen droh'n.
Nur langsam lernt das Volk ein Joch ertragen,
selbst wenn's die Weisheit gibt und die Gefahr erheischt.

Kochba:

Das war's — als sich ihr Nacken trotzig bäumte? —
Der Anfang nahm sich nicht so übel aus.

Akiba:

Doch kann das Ende desto schlimmer werden.
Versäume nicht's, — so lang du wagen — Alles wagen
kannst.
Das Heer, die Tempelwachen sind uns sicher:
ein starker Griff und die Rebellen sind gewesen.

Kochba:

Mit wem und gegen wen? — S' ist unmöglich.
Ich soll die Linke lähmen, wo schon die Rechte mir ermattet?

Und doch — doch!

Akiba:

Jawohl: „und doch!" —
Ein Leben nur gilt es für dich zu wagen,
doch auch nur eine Krone zu verlieren.

5*

Kochba:

Wenn uns nicht Bethar —

Akiba:

Es ist gefallen, — und wär's auch nicht!
Zum Wählen hast du keine Zeit: so lerne wagen.

(Pause.)

Kochba:

So wäre es zu Ende, jenes stolze Hoffen,
das ich am Libanon in's warme Herz gesogen?
Nach Glanz und Pracht, nach Ehre und nach Ruhm
der nackte Grabstein des gefallenen Soldaten?
War dies die Rolle, die du mir zugedacht,
o dann hat damals schon das Trauerspiel begonnen.

Akiba

Schon damals rief ich dir entgegen, profetisch warnend,
daß wenn der Bau mißlingt, er dich begraben würde.

Kochba (sich gewaltsam fassend):

Nicht diesen Vorwurf. Selbst die Giganten seufzen unter
ihrer Bürde,
und doch ist's das Gewicht der Welt, die sie zertrümmern
wollten.
Laß mir den Schmerz, der mich zum Tode stählt:
Mich drücken die Ruinen meines Glückes, meiner Welt.

Akiba:

Ertrage sie mit Würde; sie ziemt dir noch allein.
Des Himmels Blitz trifft nur die Größten mit der schwersten
Wucht.

(Will abgehen.)

Kochba:

Gedulde dich. Glaubst du an Vorbedeutung?

Akiba:

Welche Frage!

Kochba:

An jene unbekannten Mächte der Natur,
die stumm und ernst des Webstuhls Schiffe führen,
doch, wenn die Zeit mit Ungeheurem schwanger geht,
den Auserwählten, oft nur in dunkeln Räthselworten,
zum Kampfe stählen, — zum Ungeheuren weihen?

Akiba:

Ich habe nie an solchen Spuck verbrannten Hirn's ge=
glaubt.
Wohl ist des Menschen Los ein unentwirrbares Gespinnst,
doch seine Spulen haben kürz're Bahnen,
sie treiben zwischen Kopf und Herz.

Kochba:

Und wenn sie sich verwirren?

Akiba:

Dann gilt's, zu lösen sie, die Probe für den Helden
oder für die Memme.

Kochba:

Und wenn sie reißen? —

Akiba:

Das gibt ein doppelt Ende, — und ein's genügt dem Men=
schenwitz
sich hinter alle Jenseits zu verkriechen.

Kochba:

Nichts also hellt das Dunkel uns'res Werdens; —
o wie erbärmlich macht uns dies Bewußtsein.

Akiba:

Nicht doch; — es macht uns groß, denn nur ein ganzer Mann
geht festen Schritt's dem Unergründlichen entgegen.

Kochba (entschlossen):

Nun denn: so gehen wir.

(Beide ab nach rechts.)

Sechster Auftritt.

Ephraim, Sorab und Josua (welcher, einem Winke Ephraim's folgend — berichtig den Abgegangenen nachschleicht.)

Ephraim:

Geht nur, die Mächte, die ihr fürchtet, sind näher als ihr
glaubt.

Sorab:

Der alte, gleißnerische Wicht! mit welcher Schlauheit er
die Vorsicht uns in sich're Ruh' zu wiegen wußte

Ephraim:

Akiba fällt mit ihm

Sorab:

Er ist ein Rabbi, das will beachtet sein.

Ephraim:

Ich werde sorgen, daß er verschwindet ohne Aergerniß,
laß uns nur Josua wiederkehren und berichten.

Sorab:

Nicht wenig muß das Mädchen wissen, was ihm gefährlich ist.

Ephraim:

Sie ist der Hebel, der noch allein den Götzen fällen kann.

Sorab:

War sie ja doch des Jünglings erste. — einz'ge Leidenschaft.

Ephraim:

Sie wird uns auch das Räthsel seines Lebens lösen,
das uns der schlaue Rabbi stets umwunden und verschleiert;
denn kaum der Pöbel will das Ammenmährchen glauben,
daß er, ein Mann wie wir, mit allen Tugenden und
          Lastern
die jeden Erdenwurm mit ihrer Milch und ihrem Gifte
          säugen
aus allen sieben Himmeln niederstieg: — ein fertiger
          Messias.

Sorab:

Er schwur es vor dem Volke, daß weder Vater er noch
          Mutter je gekannt.

Ephraim:

Wohl! nie gekannt! — die Formel war ein Meisterstück
          Akiba's,
doch hatte sie ein Loch: schwur er doch nicht, daß keine er
          gehabt. —
Hier kommt Josua.

Siebenter Auftritt.

Die Vorigen. — Josua.

Ephraim:

                              Nun Josua?

Josua:

Im Vorhof trennte Kochba sich vom Rabbi,
der mit der Tempelwache nach dem Garten zog.
Sie schlossen zweimal eine dichtverschlung'ne Kette,
und drangen mit gefällten Piken,

als gält' es eine Löwenjagd, — in das Gestrüpp.
Ich nach, behend und leis, von Busch zu Busch,
und stieg, der Lichtung nahe, zum Gipfel einer Palme,
von der ich weit die Gegend übersah.
Nicht lange währt's und ein „Halloh" verkündet,
daß jene Meute schon ihr Wild erreicht:
und eh' ich Zeit zum Niedergleiten fand,
wird schon ein junges Weib vorbeigeschleppt.
Schön war die Maid im eisenstarren Ring,
so schön, wie je ein Grieche seine Göttin malte,
hing auch das rabenschwarze Haar
ihr wirr und feucht um den entblößten Nacken.
Sie zogen rasch vorüber — ich rascher hintennach.
Man führte sie nach jenem Erker hin,
wo wir die alten Pergamente aufbewahren
und legte dann die schwersten Eisenriegel vor,
die Tag und Nacht ein Lanzenträger hüten soll.
Genügsam mit der sich'ren Kunde eilt' ich zurück
und hab' es treulich nun berichtet.

Sorab:

Am Gürtel klebt dir frisches Blut — —

Josua:

Pah! — — —

Die schnelle Rückkehr Ben Akiba's zwang mich rasch in eine
    Nische,
wo sich der glatte Nazarener zum Schläfchen hingestreckt
und halb erwacht, dem Beutezug mit starrem Auge folgte.
Er konnte plaudern; so stieß ich ihm den Dolch in seine
    Kehle,

Ephraim

Nun fort in's Lager! Erst die Soldaten, dann das Weib —
und sind sie unser — (bedeutungsvoll) — — dann den König.

(Alle ab.)

Der Vorhang fällt.

Vierter Aufzug.

Der Tempel

ist mit festlich geschmücktem, meist bewaffnetem Volke gefüllt. — Die
Bühne ist durch einen blauen, mit gold'nen Sternen besäeten Vorhang
in Vorder und Hintergrund getheilt. Recha, die sich anfangs an
eine der beiden Oriflammen gelehnt hat, nähert sich langsam bis an
die Rampe. — Das Volk kniet meist und betet.

Erster Auftritt.

Recha

(anfangs gedämpft, mit wachsender Leidenschaft):

Hier wäre ich zur Stelle.
Und kostet dieser Schritt mir auch das Leben,
er muß gewagt sein, weil's der letzte bleibt.

(Sich umsehend):

Der Oriflammen röthlich ungewisser Schein
zeigt mir des Tempels hochgeschoss'ne Pfeiler,
und auch des Sternenvorhangs dichtbesäete Decke
die Irdisches vom Ew'gen trennt. —
Hier soll es werden! — Werden, — was?
Es überläuft mich schaurig fröstelnd,
ruf ich der Heidin Räthselworte mir zurück.
die sie, den Kerker öffnend, mir entgegen rief:
„Der Weg liegt offen, frei ist die Bahn.
die dich an's Ziel, das heißersehnte führt.
Kochba muß in dieser Nacht noch enden,
soll Simon's Rettung nicht unmöglich sein."
Unselig Doppelspiel der Worte: „enden — retten,"
an denen sich mein Witz seit Stunden schon erschöpft. —
Ich hasse dieses Weib, wie je die schlimmste Sünde,

und doch, wenn sie mir naht, umzieht es meine Sinne
gleich einem gift'gen Nebel. — — —

Zweiter Auftritt.

Recha. — Tarama (vorsichtig heranschleichend):

Recha (sie erblickend):

Weh' mir — sie ist's.

Tarama:

Gelobt die Götter, die dich schirmten. — —
Die Saat ist reif, — die Schnitter harren meines Rufes
In vollen Waffen starrt das röm'sche Lager.

Recha

(schaudernd für sich):

Mein armes Volk!

(laut:) Und Er? — Er?

Tarama:

Ist dein! — In euren Bergen möge er
von seinem Königstraum erwachen und genesen.
Sei ihm der Seele Arzt, wie ich des Lebens Retterin
(Hinter dem Vorhang beginnt der leise Gesang eines Psalmes.)
Doch, horch! — sie klägen ihre dumpfen Weisen.
Kein Augenblick bleibt uns. —

Bist du bereit?

Recha (düster entschlossen):

Ich bin es.

Tarama

Wohlan, an's Werk! und dann ?

Recha:

jenseits — — —

Tarama (betreffen:

Wie? — —

Recha:

— des Walles.

Tarama:

Ich werde dich erwarten!

(Ab.)

Dritter Auftritt.

Recha

(während sich der Tempel vollends füllt, dann **Rebecca** und **Jochai**, welche in der Menge bleiben):

Welch' eine Kette alltäglicher Gedanken,
an der sich eines Helden Laufbahn brechen soll!
Du glaubst man stiege wie vom Bergesgipfel,
von dem man weithin schön're Welten sah,
so leicht auch von des Thrones hehren Stufen?
Du irrst: vom Throne steigt man nicht, — man stürzt.
Hell sieht mein Aug' den Urgrund dieses Räthsels:
Kochba fällt, nicht weil er König wurde,
er fällt, weil er's um meiner Ehre Preis geworden,
selbstsüchtig von sich stieß, die liebeflehend ihm genaht.
Nein, nein! bei dieses Altar's heiliger Lohe,
für diese Schuld gibt es kein menschlich Rühren.

(Der Gesang verstummt)

Doch — horch! sie schweigen!

(mit übermenschlicher Kraft):

Zu mir! zu mir! ihr Racheengel meiner Tugend   meiner
Liebe.
Zu mir, und gebt mir Kraft! — Wuth! — das Antlitz der
Medea.

Vierter Auftritt.

Der Vorhang theilt sich.

Kochba, im vollen Krönungsschmucke, gefolgt und umgeben von **Akiba, Sorab, Ephraim, Josua,** Priestern und Wachen.

Kochba

(inmitten feierlicher Stille vortretend, würdevoll):

Am Jahrestag des ersten Sieges,
am Tag des Einzugs und des Jubels . . . . . .

Recha

(für sich, während seiner letzten Worte):

Steh' Sonne! — Nacht werde Tag —!

(Durchbricht bei dem Worte: „Jubels" das Volk, ihm das Diadem herunterreißend)

— ein Gaukler! vor wie nach.

Kochba

(wankt, während sie ihn triumphirend anblickt, sein Antlitz bedeckend, mit einem Wehruf zurück.)

Akiba

(blitzschnell Recha durchlebend):

Dämon, hast du hundert Leben — ? —

Recha (fallend):

Mörder! . . . Isra . . . el!

(Sterbend):

. . . Simon . . .!

(Stirbt.)

Rebecca

(sich auf ihre Leiche werfend):

Weh! mein Kind, mein armes Kind!

Ephraim

(zu den Verschworenen): Jetzt oder nie!

(das Schwert ziehend, zum Volke):

Schließt die Thore! ruft die Wachen!
Verdoppelt alle Posten!

Kochba (sich ermannend):

Ich bin's, der hier befiehlt.

Ephraim:

Du bist's gewesen!

Kochba

(zieht unter ungeheurem Tumult das Schwert, Ephraim bedrohend):

Rebell!

(auf den Wink Ephraim's entwaffnen ihn die Wachen, ihre Schwerter auf seine
Brust richtend. — Er wird, in sich zusammenbrechend, nach links abgeführt.)

(ab.)

Akiba:

Der Thron ist hin, — bankrott der Witz, —
jetzt hilft nur noch das Eisen!

(Schnell ab.)

(Diener bedecken den Leichnam Recha's mit einem rothen Tuche.)

Ephraim (zu Rebecca tretend):

Erhebe dich.

(Rebecca steht auf.)

Bist du die Mutter dieser Todten?

Rebecca:

Ich bin es, Herr.

Ephraim:

Sie starb in einem ungeheuren Wagniß! —
Nur Pflicht ist's mir, wenn ich dich drängend mahne,
des Mädchens Räthselwort zu deuten, zu ergänzen.

Rebecca

(das Haupt gebeugt, die Hände gekreuzt in tiefer Bewegung, — schweigt.)

Ephraim:

Sie wär' verflucht, wenn mit der Lüge sie
das Heiligste entweiht; ihr Körper ausgestoßen

aus der Mitte unf'rer Todten, ein Fraß der Geier und der
      Hunde.

Rebecca (verzweifelnd):

Nein, — nein!   sie sprach die Wahrheit.

Ephraim:

Der König wäre —

Rebecca (in sich zusammenbrechend, tonlos):

        Nur einer meiner Knechte, —
    (Ungeheure Bewegung.)

Ephraim:

Bei deinem Schwur, — bei allem was in dir sich Mensch
      liches,
was Göttliches sich hier in diesen Hallen regt: —
erzähle und ergänze uns ihr dunkles Räthselwort.

Rebecca
(nach einer Pause, mit zunehmender Sammlung):

Wohl mehr als dreißig Jahre zähl' ich schon,
da hier, in dieses Tempels heil'gen Hallen,
Elias, mein Gemahl, dem Gotte Israels
des Volkes Opfer dargebracht: — als er
die grimme Noth in dem Gebirg zu lindern
die weite Reise nach dem Westen unternahm. — -
Er kehrte heim, gefolgt von römischen Kohorten,
die so wie heut, uns Stadt und Land bedrängten.
Er fiel beim Sturm, treu seiner Priesterpflicht,
die sagt: der Priester muß mit seinem Tempel fallen. —
Bevor die Römer noch den letzten Widerstand
der dünnen Schaaren unf'res Volkes brachen,
hat mir ein Knecht, aus schweren Wunden blutend,
ein düsteres Geheimniß anvertraut.
Er war,   o laß mich Herr mit wenig Worten
das Schreckliche berichten, — der Bote meines Gatten

in das Philisterland an dessen — heidnische Geliebte,
mit welcher dieser — einen Knaben zeugte.

(Abfälliges Gemurmel im Volke, während sie erschöpft inne hält.)

Die Mutter starb, — der Knabe blieb am Leben
und war zur Obhut einem armen Hirten
aus Jakob's Stamme anvertraut.
Der Diener sagte noch an welchen Zeichen
ich zweifellos den Knaben müßt erkennen,
empfahl ihn meinem Schutz — und starb. —
Zion fiel und Aschensalz bedeckte seinen heil'gen Boden.
Auch ich zog fort, zu meiner Freunde Hütten,
um mir und meiner Kinder Leben dort zu fristen.
Bald suchte ich das Kind, das mir der sterbende Levite
zur mütterlichen Sorge warm empfohlen,
und fand es endlich an dem Zeichen, seinen Namen,
nahm es zu mir und pflegte es
gleich meinen eig'nen Kindern.

Ephraim:

Und jenes Kind? —

Rebecca:

Es wurde Knabe, Jüngling, wurde Mann,
ein kühner Geist, der gern von Dingen träumte,
an die er nie sich eines Anrechts rühmen konnte. —
Jahre schwanden. — Es kam ein Tag und er verließ uns,
folgte einem greisen Rabbi, und kehrte nicht mehr wieder.
Doch Recha, die mit ihrer ersten Liebe,
an ihm gehangen, verwelkte wie die Blume,
der man der Sonne wärmend Licht entzogen. —
Um sie zu heilen, enthüllt ich ihr das stets Verborgen,
Sie schwieg, — ich glaubte an ihres Herzens Frieden.
Bald darauf entbrannte dieser Krieg
und eures Königs Wort rief uns nach dieser Stadt.
Auch ich entschloß mich zu dem schweren Gange. —
Am ersten Tage schon, als ihr im stolzen Zuge,

Kochba mit dem Heer, an uns vorüber zogt,
erkannte sie den treulosen Geliebten.
der sie als König von sich stieß,
die Alles ihm gewesen, als er noch kleiner war

Sorab, Ephraim, Josua
(stürmisch, fast gleichzeitig:)

Und jenes Zeichen? — jenes Zeichen?

Rebecca:

Ein rothes Mal gleich einer spitzgezackten Krone,
darüber einen fast erblich'nen Stern,
tritt auf der linken Seite deutlich ihm hervor.

Ephraim winkt. — Sorab und Josua ab.
(Lautlose Stille.)
(Plötzlich ein unterdrückter Schrei Kochba's hinter der Scene. Rebecca winkt, ihr
Gesicht verhüllend.)

Fünfter Auftritt.

Die Vorigen. — Sorab und Josua zurückkehrend.

Ephraim:

Berichtet, — was ihr gefunden.

Sorab:

Es ist so, wie das Weib gesagt.

Josua:

Die Krone und den Stern, wir fanden beides.
(Tumult.)

Das Volk
(in ungeheurer Bewegung:)

Fluch ihm!   Tod dem Heiden!

Ephraim:

Volk Israels! Das Ungeheuere gebietet reifliches Erwägen.
Er möge streng bewacht bei seinem Opfer weilen,

bis sich der hohe Rath zum Urtheilsspruch versammelt,
um ihm, den Land- und Hochverräther, den fremden
      Heiden,
den trotzigen Tyrannen des Volks und seiner Führer,
die strenge Sühne seines Frevels zu verkünden.
(Ab mit den Führern.)

Das Volk:

So sei es!

(Dumpf und grollend nach allen Seiten ab.)
Die Lichter erlöschen bis auf zwei Fackeln, welche die im Hintergrunde auf und ab-
schreitenden Soldaten in der Wand befestigen
(Pause.)

Sechster Auftritt.

Kochba (von links, blaß, verstört, im schwarzen Talare:

Allein! — entthront! — gefangen und gerichtet.
War es ein böser Traum der mich umfing?
O dann durchstoß' dies ruhelose Herz,
um endlich — endlich wieder zu erwachen.
(Besieht sich):
Nein, nein, es ist kein Traum, kein Gaukelspiel der Hölle,
der mir vom Scheitel meine Krone raubte
und in den Pfuhl der Schande mich geschleudert.
O es ist Wahrheit — viel zu gräßliche Gewißheit.
(Sich ermannend):
Und ich, — ich schwieg, — ließ mir das Antlitz peitschen?
Wo war ich denn, — der alte, löwenkühne Streiter,
vor dessen Grimm die Tapfersten gezittert,
deß Schwert ein siegreich Heer durchbrach,
ein Volk befreit, ein Königreich errichtet?
der Roma Halt gebot und seinen Trotz gemeistert? —
(Stolz aufgerichtet):
Ich bin's, — noch fühl' ich Muth an's Schwerste mich zu
      wagen,
des Schicksals Fürchterlichstes ruhig zu ertragen.

Bar Kochba.   6

Siebenter Auftritt.

Kochba. — Akiba (von rechts.)

Kochba (erbebend):

Nur einem Schrecken wende ich den Rücken,
nur einem seh' ich bleich und zitternd in die starren Augen,
nur Einem beug' ich wimmernd meine Knie: — der Schande!

Akiba (vortretend):

. . . die dich berückt, wo sie dich stählen sollte.

Kochba
sich umwendend, überrascht:

Du hier? —

(Nach mühsam errungener Fassung):

Dein Kommen war mir stets Verhängniß.

Akiba:

Nicht so hart mein König.
Das Unglück pflegte sonst der Freundschaft Bande
nur fester noch zu schmieden, nicht zu lösen.

Kochba:

Ich geizte nie nach diesem Trost des Elends.

Akiba:

Und doch bleibt er für deinen blassen Stern,
am Zenith ihn zu halten, — das letzte Band.

Kochba:

Wie ich mein Los ertrug, soll es auch würdig enden,
doch dazu brauch' ich keine zweite Hand.

Akiba (näher tretend):

Nur Muth, mein Fürst! nur Muth!
Hat dir der Blitzstrahl auch den Thron zerschmettert,
so hellt er dir doch auch den Rettungspfad:

die Möglichkeit, aus den Ruinen deines Glückes
          den Demantschild der Ehre noch zu retten:
die Krone auf dem Haupt, als Mann und König enden.

Kochba (zaudernd):

Und wenn wir fallen, in einem Chaos enden? —
dann wälzt das Blut all der Erschlagenen
sich racheschreiend über dich und mich,
begräbt uns unter Tausend Flüchen.
Nein, nein! der Preis ist viel zu hoch für mich,
selbst einen Nero müßte er erschrecken.

Akiba (drängend):

Wer darf um Sein, um Nichtsein klügeln,
wo das Jahrhundert sich in eine Stunde drängt!

Kochba:

Des Volkes letzte Söhne meinem Götzen schlachten?
(Bitter): Akiba, — du hast mich nie verstanden.

Akiba:

Entgeh'n sie diesem Schicksal, wenn sie es erwarten,
bis Hunger sie entkräftet und Seuchen sie verzehren?

Kochba:

Sie können ihren Nacken beugen, und spät're Retter zeugen.

Akiba:

Ein Sklavenvolk pflanzt neue Sklaven fort.

Kochba:

Nicht doch, wenn es der Väter Mahnen nicht vergessen.

Akiba:

Man hört sie nicht, wo Sklavenketten klirren.

Kochba:

Dann weckt ein Gott sie zürnend aus dem Schlafe.

6*

Ein Volk in Fesseln schlagen, dann dem Despot gelingen,
doch ew'gen Ketten stand noch keine Schmiede.

Akiba:

Wohlan, so laß uns auch die unsern brechen. —
Was zauderst du, — wo alles schon verloren,
den Tod als Mann zu suchen, eh' man der Memme ihn
mit Eisenfäusten aufzudringen naht? —
Zeig' diesem Volk, das blind sich selbst verdirbt,
und wär's in einem Meer von Blut:
wie sich ein Fürst vertheidigt, wie er stirbt.

Kochba:

Blut! Blut! Alter du bist fürchterlich.
Rief'st du mich nicht, die Menschheit zu beglücken?
Dein erstes Wort war Friede, dein letztes ist der Tod.

Akiba:

Der Menschheit Erbtheil ist Vergänglichkeit.
Auch ich ging einst der Freiheit froh entgegen,
den Niedergang für Sonnenaufgang haltend,
der in des Volkes letztem Ringem flammte.

Kochba:

Stets war die Noth, auch Mutter jeder Größe.

Akiba:

Wo nimmst du her die Bürger deiner Lands,
in einer Zeit, da die Gewalt des Stärkern
dem Laster Freibrief und der Gemeinheit Adel gibt?

Kochba:

Du bist grausam Akiba —

(Lehnt sich gebrochen an die Säule.)

Akiba:

O wär' es weiter nichts als eine Krone,
gar oft ein Spielzeug — fast stets ein Blendwerk nur,
ich hielte dich nicht ab — dem Pöbel sie zu opfern.
Doch auf der Spitze uns'rer Schwerter
schwebt Alles, was dem Menschen Würde,
dem Bürger Adel und Bewußtsein gibt.
Mit uns stürzt dieses Wettheils Freiheit stöhnend nieder,
denn nicht die Scholle ist es, die den Römer lockt,
nicht uns're Fluren reich an Korn und Wein,
die Völkerfreiheit will er hier ermorden,
die letzte Freistatt des bedrohten Rechtes soll vernichtet
und Rom's Soldatenregiment des Landes Zukunft sein.
Und dieser Preis ist einzig werth des fürchterlichen Schlach-
              tens,
wiegt alle Kronen, wiegt selbst ein Völkerleben auf.

Kochba:

Ich war dir stets um eine That voraus,
du aber um des Weisen bess're Wahl.
Lernt' ich auch schwer, nun hab' ich's ganz erfaßt:
im Blut versinken ist besser, als im Koth ersticken.
                  Es sei! —
Der Fechter stirbt doch soll der Pöbel ihn nicht zittern sehen.

Akiba:

Er stirbt und die Arena werde uns zum Weltgericht.
Doch nun laß mich beginnen, denn wiederkehrend
will ich mit Tausend meiner Reiter dich begrüßen.

(Ab.)

Kochba (allein):

               Der arme Freund! —
Nach Schritten zählt der Mensch den Weg zu seinem Ziele,
nach Meilen eilt das Schicksal ihm voraus.

Achter Auftritt.

Kochba dann Tarama.

(Von Außen ein dumpfer Fall.)

Kochba (sich sammelnd):

Man kommt!
Sie fürchten wohl das Opfer könnte sich entleiben. Die
Thoren!
Zum Selbstmord greift man nach verfehltem, nicht nach er=
reichtem Ziele.

Tarama

(dringt verstört, mit blankem Dolche in den Saal.)

Kochba (bebend):

Aefft mich die Hölle?
(Einen Schritt wankend vor — zwei mit Entsetzen zurück) — Sie — sie ist's!

Tarama

(lauscht und winkt ihm Schweigen zu.)

Kochba:

Fort von mir, verfluchtes Wesen!

Tarama (näher tretend:

Dich zu retten, feuchte ich die Schwelle
mit dem Blute deiner Wächter.

Kochba:

Mich zu retten! wahnwitz'ges Ungeheuer,
von dir die Rettung heißt: der Tod.

Tarama:

Schon an des Jordans Quellen bewachte ich den Schritt
des Mannes,
den ich, beglückt von eines Zufalls Laune, an der Krone

Zeichen,
an deinem eig'nen Wort als meinen Enkel wiederfand.

Kochba:

Dein Enkel — ich?
Willst du den Höllentrank der Schmach mir tropfenweise in
    die Seele schütten?

Tarama:

O starr mich nicht so zweifelnd an. —
Alma war es, meine Tochter, die des Priesters Schwüren
    glaubte,
und dich sterbend von seinem Knechte ihr entrissen,
meinem Schutze, meiner Sorge anvertraut.

Kochba (schmerzlich):

So schlägt mir jede Stunde tief're Seelenwunden.
Nichts soll ich lieben dürfen, nichts verehren — als die
    Gräber.

Tarama:

So viel dir brach, noch ist dir nichts verloren,
willst du auf sich'rem Pfad die Unglücksstadt verlassen

Kochba (für sich):

O bitter süßer, übermächt'ger Seelenschmerz!
Noch sterbend durft' ich eine Mutter finden, — eine längst
    verlor'ne.
Mutter! Laut der Liebe und des Lebens, in Thränen lerne
    ich dich stammeln.
Mutter! — — Meine Mutter! — — — —

Tarama:

Diesen Schmerz, sie fühlte ihn ein langes banges Jahr;
nur ihrer Liebe ew'ges Hoffen überlebte ihn. —
Doch hinweg, mein Theurer. — Der Weg ist weit und
    mühsam;

wir müssen ihn durchwandern, eh' noch der Morgen graut.
O zög're nicht, nicht jetzt, — nicht hier, wo dir ein Diadem
versank,
das dir daheim der Deinen Krone reich ersetzen wird.

Kochba (bewegt):

O behalt' der Deinen Krone, für die ew'gen theuren Worte:
meine Mutter liebte mich. —

Tarama:

Fort von hier, eh' sie noch wiederkommen,
denn schon ist dein Tod beschlossen. — O zög're nicht!

Kochba (für sich).

Meine Mutter liebte mich.

(Nahendes, noch mattes Getöse.)

Tarama (lauschend, halb zu ihm):

Weh' dir! man kommt, — die Henker kommen.
Willst du wie ein Verbrecher enden? — Fort Unglückseliger.

Kochba:

Dank für deine theure Kunde, Dank für jedes gute Wort.

Tarama:

Auf Minuten schwebt dein Leben, —

Kochba:

— und nach Stunden wird es enden.
Kehre heim zum Grabe meiner Mutter — bring' ihr diese
letzte Thräne,
die ich für sie aufgespart. — Doch mein Schicksal ist entschieden:
werd' mit meinem Volke enden, fall'n als König in der
Schlacht.

(Nahendes Waffengeklirre.)

Tarama (beschwörend):

Bei dem Schatten deiner Mutter: folge mir.

Kochba:

Abgeschlossen ist mein Leben: wie ich lebte, will ich sterben.

Tarama (verzweifelnd):

So zieh' denn hin, in dein Verderben, —

(nimmt eine Fackel aus der Mauer):

Doch eine Todtenfackel soll dir Leuchten,
wie man sie keinem Könige noch angesteckt.

(Eilt auf die Tribüne und verschwindet dort.)

Kochba:

Meine Mutter liebte mich. -- O meine stolzer König.
Nun hast du ja ein Mutterherz, — um dich zu trösten.

Der Vorhang fällt.

Fünfter Aufzug.

Die Tempelhalle des früheren Aufzuges, noch im Halbdunkel. Im Hintergrunde schläft der König auf einem schwarzbedeckten Ruhebett.

Erster Auftritt.

Akiba von rechts. — Kochba.

Akiba
(gerüstet, tritt leisen Schrittes an das Lager Kochba's):

Hier ruht das Opfer der Parteien! —
Ein trüber Schatten schwebt um jene Stelle,
wo noch vor Tagesfrist ein Diadem gethront. —
Das ist das Leben dieser Welt:
ein Tag trennt oft die Größe von der Schmach,
oft nur ein Schritt die wärmste Liebe von dem tiefsten
        Hasse.
Und welches schön're Los hat er nicht reich verdient! —
O ich sah hell in jenem Cedernwalde
von seiner Stirn den Adel alles Großen niederschweben,
und liebte ihn seit jener Zeit wie einen guten Sohn,
der seines Lehrers kühnste Wünsche übertroffen.
Und nun — muß ich dem früh gefall'nen Helden
mit Müh' und Noth ein ehrenvolles Ende suchen.   —
Nie ahnte ich, daß so viel Hoheit, Muth und Größe
einst fruchtlos an der Menschen Unverstand erlahmen könnten.
(Drei dröhnende Schläge auf Metall.)

Kochba (erwachend):

O, ich hab' schön geträumt —

Akiba (nahe tretend):

Bald träumst du schöner noch — im Paradiese.

Kochba (ihn erblickend):

Warum hast du mich doch so früh geweckt?! —

Akiba:

Die Wachen gaben das gewohnte Zeichen zur Versammlung.

Kochba (sich erhebend):

Versammlung? —

Ja so, man sprach davon, bevor ich schlafen ging.

(Die Wachen schaffen das Ruhebett bei Seite.)

Akiba:

Die schwerste Stunde deines Lebens naht. ---

Kochba

Laß die Gefahr für meine Würde sorgen;
ich muß ihr erst in's Auge seh'n, — um ganz an sie zu
glauben.

Akiba:

Das Urtheil ist gefällt: mit allen Stimmen gegen Eine.

Kochba:

Und diese Eine —?

Akiba:

Kam von mir.

Kochba

(während sich der Saal mit Volk und Bewaffneten zu füllen beginnt):

Daran erkenn' ich dich;
du lagst ja stets mit der Alltäglichkeit im Hader.

Akiba:

Die Masse drängt herein. Es sind die Raben

die gierig schon das Hochgericht umkreisen:
doch seh' ich auch die treugeblieb'nen Legionen.

Zweiter Auftritt.

Die Vorigen. — Ephraim, Sorab, Josua, die Richter und Rebecca nehmen wieder ihre früheren Plätze ein. — Der Saal wird bei ihrem Eintritte neuerdings erleuchtet

Akiba:

Hier folgen Richter auch, und Henker nach.

Kochba:

Ich werde alle nach Verdienst empfangen.

Akiba (drängend):

Und nun entschlossen, kühn, und muß es sein — verwegen! —
Ein Wink und Tausend Schwerter schlagen drein. —
Leb' wohl, — ich bin dir nahe und bereit:
das Schlachtfeld, wie Schaffot mit dir zu theilen.
(Zieht sich auf die Tribüne unter die Bewaffneten zurück.)

Kochba:

Ja, Muth — Verwegenheit, — ich werd' sie finden,
und sollten alle Saiten meiner Seele reißen.

Ephraim
(sich unter plötzlicher Todtenstille erhebend):

Simon, genannt der Sohn der Sterne: —

Kochba (vortretend mit verschränkten Armen.)

Ephraim:

der Angeklagte hat das Wort.
(Bewegung. Panie.)

Kochba:

Er weist es stolz zurück — um es dem König abzutreten,

(zum Volke):

der sich zum Volke wendet, dem einz'gen Richter seiner Thaten.

Das Volk:

Hört! Hört!

Kochba:

Ja hört, mein Volk, den Ueberfall'nen, Wehr= und Waffen=
      losen,
hör' deinen Sohn, den Bürger und den König.

(Unruhe unter den Verschwornen.)

In eines Augenblickes unbegreiflicher Verwirrung,
entbat der hohe Rath mich vor des Richtstuhls Schranke.
Zwar weiß ich nicht, was ich verbrach, doch will ich prüfend
hier meines Lebens wechselvollen Lauf dir treu enthüllen.
Ich ward geboren, wie jeder Bürger uns'res Landes,
und bin erzogen von eines Priesters würd'ger Gattin,
von ihr belehrt aus unsern heil'gen Schriften
und streng gehalten in den Sitten uns'rer Väter.
Und groß, ein Mann geworden, rief mich der Männer
      Bitte,
derselben die mich heut' Tyrannen nennen,
zu ihrer und des Landes Rettung in das Feld.
Was auch dem Staate jetzt des Sturmes Wetter droh'n,
ich habe Ehre ihm und Ruhm, als König wie als Feldherr,
aus blut'gem Schlachtgewühl gerettet und bewahrt.
Und nun, am Wendepunkte uns'res schweren Ringens,
wo Einigkeit nicht mehr des Sieges Bürgschaft, wo sie Be=
      dingung ist,
reißt eines Mädchens rasches, ungelöstes Räthselwort.
das mächtige Gebäude der schwer geeinten Kräfte
in wüste Trümmer uns, zum Bürgerkriege auseinander.
Und ob es an dem einen Räthsel nicht genug,
wirft jenes Weib geschäftig, ein neues zwischen uns. —
Wer bürgt dem Volk und seinem weisen Rathe
für jener Wittwe überkühne Mährchen,

die haß- und schmerzzerrissen, sich mühsam
in dem Irrgang einer Ammensage windet?
Wer will auf dieses schwankende Gerüste
vergess'ner Tage und alltäglichen Vergessens,
wer will, nach Recht und nach Gesetz, so frage ich),
darauf die Bergeslast des Königsmordes wälzen?
Wer Bürgerkrieg aus Weiberthränen sprossen lassen?

Volk (Gemurmel, Bewegung.)

Akiba (herabsteigend):

Ein Wort ihr Männer des Gesetzes.

Ephraim:

Wir hören Rabbi.

Akiba:

So viel es mir bewußt, ist jeder Schuldspruch hier,
gleichviel ob das Erzählte möglich oder nicht,
nur erst durch z w e i e r Zeugen Eid bedingt.
Weiß uns die Witwe nicht den zweiten auch zu schaffen,
dann ist nach jüdischem und nach Allerweltsgesetz
die Klage ohne Halt, ist abgewiesen und gefallen.

Das Volk:
(in immer steigender Bewegung):

Ja! — ja! das ist Gesetz!

Ephraim:

Dies zu entscheiden steht n u r dem hohen Rathe zu.

Akiba:

                              Du irrst! —
Der Rath vollstreckt nur das Gesetz nach seinem Wortlaut,
verletzt er es, ist es mit ihm auch schon zu Ende.

Ephraim (drohend):

Rabbi, du sündigst wohl auf deine Unverletzlichkeit!

Akiba:

Ich fürchte eure Drohung nicht. — Bei diesem Schwert,
das alle uns're Schlachten mit geschlagen:
wenn das Gesetz von euch mißbraucht wird,
ruf ich zu seinem Schutz die Legionen in die Waffen

(Ungeheurer Tumult. — Die Richter erheben sich erregt von den Sitzen.)

Sorab:

Zu Ende mit dem Gaukelspiel!
Ergreift sie Beide — und fort auf das Schaffot.

Akiba (das Schwert ziehend):

Dann her zu mir, was seinen König liebt.

(Die Bewaffneten brechen die Tribünen zusammen, umringen schützend Kochba und
drohend die Richter.)

Das Volk:

Heil Kochba! Heil dem König!

Kochba
(Akiba das Schwert entwindend):

Ein Schwert!
(Es schwingend): Mit ihm mein Königreich!

Ephraim:

Das ist Gewalt —!

Sorab:

Soldatentyrannei!

(Der Tumult legt sich allmälig.)

Kochba:

Ihr habt sie angerufen; dankt es dem Römer,
daß ihr befreit von ihrer Härte seid.
Mein Tod war eure Losung! Ich übe meiner Rechte bestes
und will vergessen; will um des Landes Willen euch vergeben.
Eilt in das Lager und sammelt eure Haufen,

die Letzten und die Besten, die treu geblieben.
Ich will auf's neue eure Treue mir erproben.
Und geht sie stark aus der Entscheidungsschlacht hervor,
sei uns der letzte Sieg ein Bürge der Versöhnung.

Das Volk (stürmisch):

Heil dem König! — Zum Kampf! zum Sieg!

Kochba:

Geht und waffnet Euch.
Kaum bleibt uns eine Spanne Zeit und
die Sonne drängt uns aus den Mauern.

(Während alle abgeben zu Rebecca):

Du bleibst, Witwe.

(Zu Atila):

Sieh' zu, daß uns hier Niemand störe.

(Atila ab.)

Dritter Auftritt.

Kochba und Rebecca.

Kochba

(nachdem er sie eine geraume Weile schweigend ansah):

So müssen wir uns wiedersehen! —
Was that ich euch, daß ihr, mich so zu hassen,
auch feindlich wider mich verschworen?
Warum hast du mir damals nicht enthüllt,
welch' ein Verhängniß schon an meiner Wiege stand?

Rebecca:

Nicht dein Verderben war's das ich ersehnte.
Mein Herz bricht mit, es büßt mit dir die Schuld,
die mir mein Kind beraubt und dich zum Tod bedrohte.

Kochba:

Die Klugheit unterlag dem Ansturm der Natur.

Sie ahnte nicht, daß ich die Welt beherrschen und umfassen,
doch nach den Worten der Messiassage,
kein sterblich Weib mit Hand und Herz beglücken durfte.

Rebecca

Doch Recha hoffte, wenn die Krone dir entfallen,
dir ihren Glanz durch ihre Liebe zu ersetzen.

Kochba

Wenn ich geahnt, wie hoch ich ihren Reif erkaufen müßte,
wohl hätt' ich sie zu wählen mich besonnen.
Doch als der Sturm mich grimmig angefaßt,
und jede Hilfe, jede Hoffnung längst entschwunden,
da hob mich meine Pflicht weit über jedes Fühlen
und, größer als mein Schicksal, galt es zu beweisen,
daß ich, der stolz, vermessen nach dem Höchsten langte,
auch Stärke zeigen mußte den Einsatz zu verlieren:
ich warf mein Leben, den letzten in die Wette.

Rebecca:

O der Gedanke muß schön gewesen sein;
selbst jetzt noch tröstend deine Brust durchziehen.

Kochba:

O frage nicht; lern' nur aus jenen Stunden,
in welchen du mein Herz verbluten sahst,
wie schnell das Glück im Herrscherglanz erblaßt.

Rebecca

Du kannst noch siegen, — kannst noch sterbend siegen —

Kochba:

Nicht doch, es wird der Abendstern
dem Schlußtableau einer Legende strahlen,
die einen großen, verhängnißvollen Namen trägt:
„Judas letzter König!"
Was folgt ist dunkle Nacht, nach blut'ger Abendröthe.

Bar Kochba.   7

Rebecca:

Nein, nein, es ist ein lichtes Morgenroth,
das schon die Berge, deiner Größe ew'ge Wiege, färbt.

Kochba:

Dann laßt uns scheiden

Es muß ja werden, — und ich bin müde, — krank. —
Wirst du versöhnt dich von mir wenden?

Rebecca:

Ich habe dir ja nichts mehr zu vergeben,
denn du hast mehr verloren,
als selbst ein Mutterherz beweinen kann.

Kochba:

(mit erhobener Hand):

Dort sehen wir uns wieder.

(Nachdem er ihre Hand geküsset):

Akiba!

Vierter Auftritt.

Die Vorigen. — Akiba.

Kochba

Die Witwe wartet deiner Führung!
Geleite sie in das Gemach, das nach dem Jordan geht.
Und Jochai möge folgen.

Geht! geht! —

(Akiba und Rebecca ab.)

Kochba (allein):

Sie hielt mich bis zum Tod für ehr- und pflichtvergessen.
O meine Recha, welch' ein bitteres Vermächtniß. —
Und doch ist's besser, daß sie noch früher schied,
eh' die Enttäuschung ihr die letzte Säule brach.

Ich weiß sie wohl geborgen, wo Engel Wache halten,
daß ihren Einzug dort kein böses Omen störe.

Fünfter Auftritt.

Kochba, Akiba (zur Schlacht gerüstet.)

Akiba (bewegt):

Willst du dich schmücken, mein Herr und König?

Kochba (bitter):

Schon? Du hast es eilig mit dem Sterben;
entrückt der Jugend und Vollkraft eines Lebens,
das nie so neidenswerth mir noch geschienen,
als wo ich ernstlich von ihm scheiden soll.

(Akiba winkt — Zwei Edelknaben tragen auf Purpurkissen das Diadem, Schild,
Schwert und Horn herein — das sie auf den Tisch legen.)

Legt alles hin und geht.

(Die Edelknaben ab.)

Es soll mich Niemand stören.
Auch du nicht Akiba. — Ich möcht' noch einmal träumen
von Jugend, Glück und Fürstengröße.
Hier liegt mein Königreich, ich möcht' noch einmal König
    sein.
Vielleicht daß ich in dieser Stunde als glücklichen mich
    fühlen werde.

Akiba:

Wann soll ich wieder kommen?

Kochba:

Ich werde rufen. — Dann ist es bald vorüber.

Akiba:
(verhüllt sich mit den Händen das Antlitz):

Mein König!
7*

Kochba:

Akiba?!

Akiba:

Der letzte Dienst drückt mich wie Bergeslast.

Kochba:

Akiba, willst du am Grabesrand erst zittern lernen?
Verdirb' dir nicht ein Werk, das du so groß begonnen,
so glücklich fortgeführt. — Sei stark — du warst es stets.
Die Menschheit laß mich gerne heut entbehren;
den Philosophen aber — kann ich dir nicht schenken.

(Akiba sinkt gerührt in Kochba's geöffnete Arme.)

Mein tapferer, mein braver Freund!

(Kleine Pause. — Der Morgen tagt.)

Akiba:

Ich bin bereit!

(Ab.)

Sechster Auftritt.

Kochba (allein):

Ich bin allein!

(Tritt an die Sammetkissen):

Wie hält es mich zurück, mit Riesenarmen,
die Hand nach diesem gold'nen Spielzeug auszustrecken.

(Das Diadem ergreifend):

Komm' her, mein Königsdiadem. Wohl jede deiner Perlen
wog ich mit einem Herzen auf, das mir einst theuer war.
Fürwahr ein fürstliches Bezahlen: mit Menschenglück. —
Die kühnsten, welterstürmenden Gedanken
hat deiner Höhlung blanker Reif umsäumt,
laß auch den Letzten — jener Ersten würdig sein.

(Das Diadem aufsetzend):

So endet alles Edle, alles Große dieser Welt. —
Du solltest deiner Würde heil'ge Macht nur nützen,
um ew'ge Friedenspalmen durch die Welt zu streuen,

und heute noch wirst du geborsten sein, — von rauhen
        Schlächterstreichen.

(Das Schwert ergreifend):

Auch du mein Schwert, mein letzter bester Freund,
der mit mir steht und fällt, wie er's mit mir begonnen:
geleite deinen Herrn auf seinem schwersten Gange.
ist doch das Scheiden heut' —, ein blut'ger Festtag uns.
Wir brauchen uns der Freundschaft nicht zu schämen,
denn sie allein hielt aus bis in den Tod.
Noch dieses eine Mal leih' mir die scharfe Schneide,
mit ihrer schweren Wucht. — Und fällt auch meine Krone,
stürzt Alles auch in Trümmer: an deinen Streichen
soll man noch einmal den alten Fechter kennen.
Du bahntest mir durch eine Welt von Feinden meine
        Straße,
halt aus! halt aus! im letzten Augenblick der Noth,
denn mit dir bricht uns stürzt Bar Kochba's letzte Säule.

(Umgürtet das Schwert und ergreift den Schild):

Nur du mein Schild, mit deinen Feuerblicken,
bleibst hier allein an meiner Statt zurück.
Wohl hast du diesen Undank nicht verdient,
der liebend jederzeit mein Leben schützte,
wohl treuer, als so mancher, den ich groß gemacht. —
Ein Sterbender bedarf ich deiner nicht. —
Bleib' hier zurück, von jungem Laub umgrünt,
auf daß in deinen tausendfach gekreuzten Narben
manch' später Enkel deinen Herrn erkennt.

(Das Horn ergreifend):

Auch du, gewohnt an meiner Brust zu ruhen,
von meinem Hauch belebt, den Jubel anzufachen,
auch du mußt scheiden von dem geliebten Herrn.
Es geht ja nicht zu neuen Freiheitskämpfen,
zum Tode geht's, zum Falle ohne Gnade und Erbarmen,
d'rum nenn' es Dankbarkeit, wenn ich dich heute schon:.
Es soll die Stimme dir nicht hilfesuchend tönen.
Verstumme denn mit Judas letztem König.

(Hängt den umlaubten Schild mit dem Horne an eine Säule. — Zur jetzt im
Morgenroth aufgehenden Sonne gewendet):

Ich danke dir du königliche Schwester,
daß du dich tröstend dem Verlass'nen nahst.
O habe reichen — reichen Dank.
Du hast mit deinem sanften Licht so oft den Pfad erhellt
auf dem ich zur Geliebten eilte; mit mir geträumt,
wenn meine Fantasien, umfassend eine Welt,
sie zu der Menschheit Friedenstempel weihten,
und hast mit deines Frühroths Rosen liebend sie gesäumt.
Steig' auf', steig' auf, bis in den Zenith deiner höchsten
        Himmel,
so roth und flammend, wie ein Weltenbrand,
ein Volk und seinen Herrn zum Tode zu geleiten.

(Orgeltöne aus der Ferne, ein Psalmgesang; — weich werdend):

                                        Sie beten! —
Mir fehlt zur letzten Stunde einer Mutter Segen,
auch eines Vaters Auge hab' ich nie geschaut;
kein liebend Herz begleitet mich zum Sterben,
kein gleiches schlug mir je im weiten Vaterland.

(Auf das Knie sinkend):

So segne du mich denn, — eh' wir für immer scheiden.

(Beugt betend sein Haupt. — Pause. — Orgel und Gesang verstummen; sich
erhebend):

                                Und jetzt zum Kampf!
Muß es geendet sein, dann stolz und groß,
wie ein besiegter König, ein Mann und Krieger fällt.

(Schlägt mit gezogenem Schwerte an den Schild.)

Siebenter Auftritt.

Kochba, Akiba mit der Fahne, gefolgt von **Sorab, Josua, Ephraim**
und dem Heere.

Kochba

                                Seid mir gegrüßt
ihr tapfern Männer eines unglücklichen Volkes —

(Ergreift die Fahne):

Komm' her, du Zeugin uns'rer Schlachten, uns'rer Siege. —

(Außen Trompetenstöße):

Sie rufen uns, die Boten der Unsterblichkeit —
wollt' ihr mir folgen? — vielleicht zum sich'ren Tod? —

Akiba

(gleich den übrigen das Schwert ziehend):

Zum Tod für Freiheit und für Vaterland.

Kochba:

Dann vorwärts, in die Schlacht!

(Alle ab; neue schnelle Trompetensignale.)

Achter Auftritt.

Der Garten des zweiten Aktes. Die Mauer ist niedergerissen, an ihr eilen Soldaten-
kolonnen dem Kampfplatze zu, von welchem das Getümmel herüber schallt.

Das römische Heer. Im Vordergrunde **Julius, Severus** und
Cassius.

Cassius:

Wir sind am Ziele Feldherr. Von dieser Runde führt
ein Sandweg, dicht beschattet von den frischen Sträuchern,
bis hart an ihres Tempels kleine Ausfallpforte.

Severus:

Und hier soll ich gefesselt und gezähmt ihn sehen,
der an den Säulen uns'rer Macht gerüttelt,
daß sie erbebend stöhnten? — Wenn es geschieht,
will ich den Ort mit einem selt'nen Denkmal schmücken.

Cassius (nach rechts weisend):

Welch' ein rasend Stemmen gegen Unvermeidliches!

Severus:

Jawohl, sie fechten wie Verzweifelte, doch ohne seinen Geist.
Das sind die alten Keile nicht, die fest geschlossen,

an ihrem Scheitel seinen Helmbusch führten,
der mondelang die Völker uns entmannte.
Wohl sind es Tapf're, man sieht sie fallen, nirgend flieh'n,
doch ist's nicht mehr der Siegeshoffnung kühnes Wagen,
es ist die Wuth des Ebers, der schon den Speer im Rachen,
noch knirschend dessen Schaft zu Brei zermalmt.

Cassius:

Dort rechts! — ein neuer Schwarm, er stürmt in dichten
          Massen
und schlägt sich wüthend eine blut'ge Gasse.

Severus (mit steigendem Interesse):

Fürwahr, wenn diesen Trupp nicht selbst Kochba führt,
so sind es seine Besten die dort fechten.

Neunter Auftritt.

Die Vorigen. — Ein Hauptmann.

Hauptmann:

Verzeihe Feldherr, wenn ich dir hilferufend nahe,
doch ist's der König selbst, der uns bedrängt.

Severus:

Der König?

Cassius (bestürzt):

                    Nicht möglich!

Severus:

        Bist du von Sinnen Hauptmann? —

Hauptmann:

Wer jemals mit ihm Schwert und Speer gekreuzt
muß ihn nach Jahren wieder kennen; — er ist es.

Severus:

Du sahst ihn selbst?

Hauptmann:

Als er Colonna und Mercalo niederstreckte,
Catul zum Tode traf, und wie ein Hagelwetter
mit seinen Streichen uns're Reih'n gelichtet.

Severus:

Auf' die Germanen in den Kampf und führ' sie gegen ihn.
Bei meinem Zorn, kehr' nur zurück, wenn du ihn über-
    wunden.

       (Hauptmann ab.)

Zehnter Auftritt.

Die Vorigen.

Severus:

Nun Cassius, — wo bleiben die Sybillen?

Cassius:

Verwünscht die Dirne, wenn sie uns belog;
auch jene Here fehlt; — wohlan:

    (Entschlossen das Schwert ziehend):

Den Knoten löst nur noch das Schwert.

Severus (wieder dem Kampfe zugewendet):

Getrost! Schon greifen die Germanen an. —
Dies Volk hat Stahl statt Sehnen an den Knochen.
Wie die empörte See umfluthet es die Kühnen, —
doch wüthend bäumt sich deren letzte Kraft.
Schon ist's nur noch ein wüster Knäuel, wie, wenn den
    Bären
der Rüden wildgehetzte Meute überdeckt.
Doch jetzt — nein! — ja — ja! bei Mars, er bricht sie
    durch,

und stürmt im Flug den Abhang uns herauf.

(zu den Soldaten):

Schließt die Glieder! — verdoppelt sie! —

Vorwärts!

Eilfter Auftritt.

Die Vorigen. — **Kochba** an der Spitze von **Akiba, Sorab,
Ephraim, Josua** und Soldaten.

Kochba (hinter der Szene):

Mir nach! —

(Betritt mit der Fahne die Szene; fechtend):

Zurück, ihr römischen Knechte; — zurück!
Es gilt der Freiheit eine letzte Gasse! —

Cassius:

(zu den Römern, auf Kochba eindringend):

Den König schont, die andern jagt zurück.

Sorab (wüthend):

Den König nur?

(Kochba von hinten durchbohrend):

Dann stirb auch du Verräther!

Kochba (auf die Fahne sinkend):

Ach —!

(Stirbt.)

Cassius

Tod den Meuchlern, vertilgt die ganze Brut.

(Die Römer drängen die Juden zurück.)

(Ab.)

Akiba:

(fällt getroffen neben der Leiche Kochba's nieder):

Mein König! —

Zwölfter Auftritt.

Akiba. — Severus und einige Hauptleute.

Severus (näher tretend):

Es wäre Judas König?

Akiba (sterbend):

Der Beste dieses unglücklichen Volkes. —
Du bist der Sieger, sei groß . . . müthig,
laß mich an seiner — meines — Königs Seite ruhen.
Wir hielten treu im schweren Kampf zusammen,
o laß im — Tode uns, ver . . . eint bei . . . sam . . .
men . . ruh'n.

(Stirbt.)

Severus (zu den Soldaten):

Legt sie in eine Gruft, an ihres Tempels Pforten.
Sie mögen ruh'n, bis ihrem unglücklichen Volke
ein neuer, ein endlicher Messias wird.

Dreizehnter Auftritt.

Severus. — Cassius.

(Ferner ernster Gesang.)

Cassius:

Mein Feldherr, ich bringe dir des Sieges erste Kunde. —
Nur Schutt und Leichen sind's, was noch vom Reich der
Juden zeugt.

Severus:

Und der Gesang?

Cassius:

Es ist die Christensekte, die ihres Gründers Auferstehung
feiert.

Der Vorhang fällt.

Ende.